DREAMBOOKS

DREAMBOOKS

DREAMBOOKS

DREAMBOOKS

정령의 펜던트

ORIGINAL FANTASY STORY & ADVENTURE

발렌 판타지 장편소설

dream books
드림북스

정령의 펜던트 10 전설의 시작

초판 1쇄 인쇄 2020년 10월 12일
초판 1쇄 발행 2020년 10월 26일

지은이 발렌
발행인 오영배
편집 편집부
일러스트 보살
만화 빅피
표지 · 본문 디자인 오정인
제작 조하늬

펴낸 곳 (주)삼양출판사 · 드림북스
주소 서울시 강북구 도봉로 173
대표 전화 02-980-2112 **팩스** 02-983-0660
편집부 전화 02-987-9393 **팩스** 02-980-2115
블로그 blog.naver.com/dreambookss
출판등록 1999년 3월 11일 제9-00046호

ISBN 979-11-283-9857-5 (04810) / 979-11-283-9513-0 (세트)

+ 이 도서의 국립중앙도서관 출판시도서목록(CIP)은 서지정보유통지원시스템홈페이지(http://seoji.nl.go.kr)와 국가자료종합목록 구축시스템(http://kolis-net.nl.go.kr)에서 이용하실 수 있습니다. (CIP제어번호 : CIP2020041438)

10
발렌 판타지 장편소설
ORIGINAL FANTASY STORY & ADVENTURE
전설의 시작
정령의 펜던트
dream books
드림북스

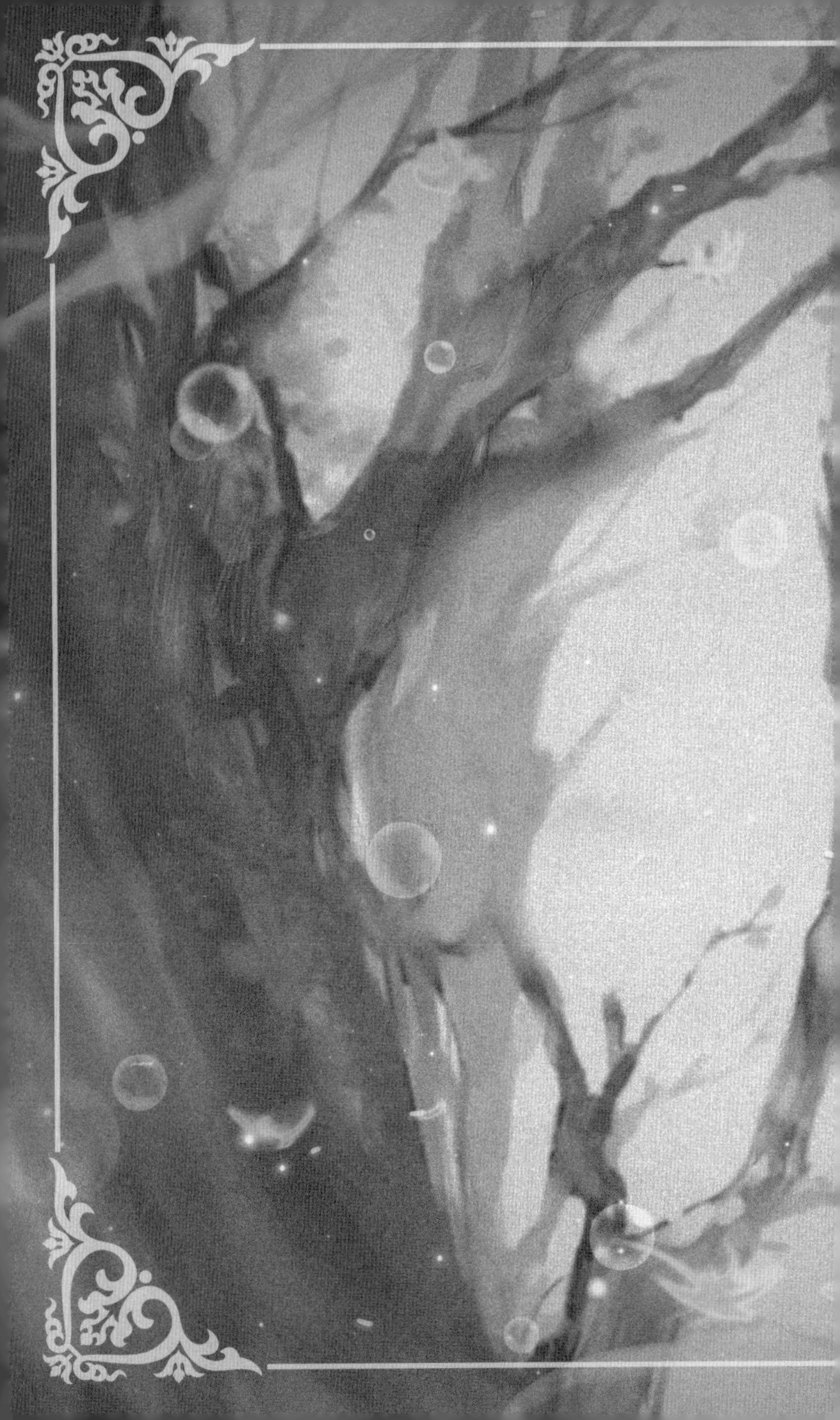

목차

Chapter 1.
대양의 눈

1.

“공작 전하, 오셨습니까.”

이언과 헤이즈가 기차에서 내리는 란데르트 공작에게 허리를 숙이며 예를 갖췄다. 공작은 예상했던 것보다 표정이 더 어두웠다. 이런 상황에서도 애써 담담함을 유지하고 있지만, 공작을 지척에서 모시던 이언과 헤이즈가 주군의 미묘한 변화를 모를 리 없었다. 서둘러 기쁜 소식을 전해야 했다.

“공작 전하, 긴히 드릴 말씀이 있습니다. 바율 도련님께서…….”

“내가 직접 가서 보겠다.”

중간에 길이 엇갈릴 게 분명하기에 이언으로선 가장 먼저 소식을 전하는 방법이 기차역에서 공작을 기다리는 것이었다.

하나 아들을 지켜 내지 못한 수하에 대한 원망이었을까. 란데르트 공작이 차갑게 이언의 말을 잘랐다.

이미 비보는 전해 들었다. 굳이 그것을 상기해서 심기를 어지럽히고 싶지 않았다.

지금도 충분히 괴로웠다. 일단은 아들의 시신을 먼저 확인하는 것이 순서였다. 그다음에는 낱낱이 조사해서 원흉을 찾아낼 것이다. 이후에 어떻게 할지는 아직 정하지 못했다.

다만 확실한 것은, 그게 누가 되었든 간에 반드시 혹독한 대가를 치르게 될 터였다.

감히 자신의 아들을 건드린 죄.

그것이 무엇인지 제대로 보여 줄 참이었다.

"바율 도련님께서 살아나셨습니다!"

"모든 게 저의 불찰입니다. 어떤 벌이든 달게 받겠습니다!"

이언과 헤이즈가 동시에 무릎을 꿇었다.

"…무슨 소리냐? 바율이 살아났다니?"

란데르트 공작이 멈칫했다.

그에게 도착한 건 짧은 서신이었다. 바율이 괴한의 습격을 받은 황태자를 구하다가 대신해서 죽었으니 속히 캐링스턴으로 와 달라는 전갈이었다.

처음에는 믿지 않았다. 무언가 착오가 생긴 거라고 생각했다.

하지만 기차를 타고 오는 동안 흥분을 가라앉히며 머릿속을 차분히 정리했다. 그러면서 냉정하게 앞뒤 정황을 판단하기 시작했다.

이언은 발이 묶였고, 헤이즈는 치명상을 입었다. 그 둘을 키운 것이 란데르트 공작이기에 그들의 실력에 관해서라면 누구보다 잘 알았다. 적은 그만큼이나 강했던 것이다.

바울의 죽음은 비통하나 포상을 내리고도 남을 법한 일이었다. 백 명이 넘는 기사가 전멸했다. 그런 와중에 황태자를 지켜 낸 것도 아마 이언과 헤이즈이기에 가능했을 것이다.

하나 란데르트 공작은 제국의 총사령관이면서, 한 아이의 아비이기도 했다.

아내와 바일을 잃은 그에게 남은 가족은 바울뿐이었다. 그의 전부였던 유일한 아들마저 생을 달리한 것이다.

그래서 수하들이 어떤 일을 겪었을지 잘 알면서도 원망하지 않을 수 없었다. 평소였더라면 괜찮으냐는 말부터 먼저 했을 그가 눈조차 마주치지 않은 것은 그래서였다.

그런데 뭐?

바율이 살아났다고?

"주위를 물려라."

사다드가 명을 내렸다. 란데르트 공작은 제국의 살아 있는 전설이었다. 그가 온다는 소식을 듣고 새벽부터 기차역에 많은 구경꾼들이 몰렸다. 그들 앞에서 바율에 관한 이야기를 할 수는 없었다.

만월 기사단이 란데르트 공작을 중심으로 퍼져 나갔다. 제복을 차려입고 허리에 검을 찬 채 기차역에 나타난 만월 기사단의 위용은 대중이 상상했던 것보다 더 대단했다. 그들에게서 뿜어져 나오는 압박감에 몰려들었던 사람들이 반항 한번 못하고 황급히 주변을 벗어났다.

"퀸이라는 인어국 소년을 아시지요?"

이언의 질문에 공작의 눈초리가 까끄름하게 올라갔다. 당연히 알고 있었다. 황궁에서 직접 만나기까지 했으니까.

갑자기 그 아이 얘기를 왜 꺼내는 거지?

공작은 말하지 않았지만, 그의 눈빛만으로 충분했다.

"퀸이 바율 도련님을 살렸습니다. 자신의 목숨과 맞바꾸어서 말입니다."

"목숨과 맞바꾸어서?"

선뜻 이해가 가지 않았다. 이언은 최대한 간략하게 퀸의 능력과 일련의 사건에 대해서 보고했다.

"…그게 정녕 사실이냐?"

란데르트 공작은 이언의 설명을 전부 듣고서도 쉬이 믿을 수가 없었다. 남의 상처를 가져와서 치료하는 재능도 대단하건만, 죽음마저 가져올 수 있다니. 참으로 기이한 능력이 아닐 수 없었다.

"바율 도련님께서 아카데미에서 기다리고 계십니다. 퀸의 곁을 지키느라 함께 오지 못하셨습니다."

"안내하라."

지체할 시간이 없었다. 죽었다던 아들이 살아 있다. 친구의 희생으로 되살아났으니 온전히 즐거워 할 수는 없으나, 그 기쁨의 크기는 이루 말할 수 없을 정도였다.

하지만 워낙 믿기 힘든 이야기이기에 직접 눈으로 확인해야만 했다. 란데르트 공작이 빠른 속도로 마차에 올라탔다.

2.

캐링스턴 아카데미의 정문 앞은 기차역과 별반 다르지 않았다. 바율의 아버지인 란데르트 공작의 방문 소식에 학생들이며 교수, 직원 할 것 없이 모조리 공작을 보기 위해 이른 아침부터 떼를 지어 나와 있었다.

본시 아카데미 내에서 마차 운행은 금지 사항이었다. 하나 이번만큼은 예외였다.

란데르트 공작가의 깃발이 당당하게 펄럭이며 교내를 지나 바로 신전으로 향했다. 그 뒤를 구경하겠답시고 학생들이 우르르 따라 달려갔다.

"란데르트 공작 전하, 오랜만에 뵙습니다."

신전의 입구에서 바그너 사제와 라인하르트 총장이 직접 란데르트 공작을 맞았다.

"처음 뵙겠습니다. 아카데미의 총장을 맡고 있는 라인하르트라고 합니다. 만나 뵙게 되어 영광입니다!"

때가 때이니만큼 바그너 사제가 간단히 예를 갖춘 반면 라인하르트 총장이 넙죽 몸을 숙이며 자신을 소개했다.

"바율이 있는 곳은 어디입니까?"

바그너 사제와는 오래전에 안면이 있었다. 아들의 생사를 한시라도 빨리 확인하고픈 란데르트 공작의 마음을 어찌 모르겠는가. 바그너 사제가 걸음을 서둘렀다.

"이쪽입니다."

안치소에는 금방 당도했다. 기차역에서부터 이곳까지 그리 긴 시간은 아니었건만, 란데르트 공작에겐 어느 때보다 멀게 느껴졌다.

그가 두근거리는 마음으로 열리는 문 너머를 주시했다.

"……!"

안에는 바율 혼자만 있는 것이 아니었다. 그의 친구들은 물론이고, 린데만 황태자와 로티어스 교수, 그리고 데스와 라예가르크가 함께 있었다.

그러나 그 순간 란데르트 공작의 눈에 보이는 건 바율뿐이었다. 멀쩡한 아들의 모습에 잠겨 있던 공작의 목소리가 신전을 크게 울렸다.

"바율!"

"아버지!"

바율이 뛰쳐나갔다. 마침내 아버지께서 오셨다. 이전과는 비교할 수 없는 안도감이 들면서 바율이 공작의 가슴에 달려가 안겼다.

"흑흑, 아버지!"

북받쳤던 울음이 터지고 말았다. 다시는 아버지를 못 보는 줄 알았다.

심장에 검이 찔리던 순간, 바율의 머릿속엔 온통 아버지 생각뿐이었다. 자신마저 죽으면 아버지는 혼자였다. 홀로 남겨지실 아버지 때문에 눈을 감으면서도 마음이 편치가 않았다.

다시 살아난 지금은 퀸에 대한 죄책감과 미안함으로 정신을 차릴 수 없을 만큼 힘들지만, 아버지를 다시 만날 수 있게 되어서 진심으로 감사했다.

“그래, 괜찮다. 고맙구나.”

란데르트 공작이 눈을 감은 채 바율을 꼭 끌어안았다. 비로소 안심이 되었다. 이언의 말을 듣고도 반신반의했었는데, 이렇게 가슴에 품으니 이제야 실감이 갔다.

지난 이틀을 지옥 속에서 보냈다. 세상에서 가장 소중한 존재이자 분신과도 같은 아들이 살아 있다는 것에 란데르트 공작은 신께 진심으로 감사드렸다.

“마중 나가지 못해서 죄송해요. 마음은 그러고 싶었는데, 퀸의 곁을 떠날 수가 없었어요.”

“이해한다. 오면서 이언에게 들었다.”

우는 아들의 얼굴과 머리를 쓰다듬으며 공작이 고개를 끄덕였다. 그의 시선이 뒤늦게 침상에 누운 퀸에게로 향했다.

“이 아이가 널 살렸다지.”

그걸 어찌 보답할 수 있을까. 퀸에게도 부모와 형제가 있을 것이다. 그들에게 무어라 위로를 해야 할지 공작은 차마 입이 떨어지지 않았다.

그때였다.

“아버지, 퀸을 살려야 해요!”

“……?”

“어머니께서 끼고 계시던 반지, 그거 갖고 계시죠? 그 반지만 있으면 퀸을 살릴 수 있어요!"

눈물을 훔치며 다짜고짜 이상한 소리를 해 대는 바율을 란데르트 공작이 미간을 모으며 내려다보았다. 죽었다가 다시 살아난 충격으로 혹시 머리에 이상이라도 온 건지 걱정이 들었다.

"바율, 진정하거라. 반지 따위로 어떻게 죽은 생명을 살린다는 것이냐?"

"그건 태고의 신물인 대양의 눈이라는 반지예요. 그게 있으면 퀸을 저처럼 되살아나게 할 수 있대요!"

"…태고의 신물?"

"네! 그래서 다들 아버지께서 오시기만을 기다렸어요. 반지, 갖고 계신 거 맞죠?"

집안 어딘가에 숨겨 두었다고 생각했는데, 아몬의 예언대로라면 몸 어딘가에 지니고 계신 게 틀림없었다. 어머니의 유품이지만, 그것이 퀸을 살릴 수 있는 유일한 방법이라면 아버지께서도 이해해 주실 거라고 바율은 믿었다.

"나는 이게 당최 무슨 소리인지 모르겠구나."

란데르트 공작이 혼란스러워하며 한 걸음 떨어져 아들을 살폈다. 그러던 그의 시야에 그제야 조금씩 안치소의 풍경이 들어왔다.

경황이 없어 황태자에게 인사도 하지 못했다. 공작이 뒤늦게 예를 표하자 황태자가 괜찮다는 듯 고개를 저었다.

"공작 전하, 잠시 반지에 대해 말씀드리겠습니다."

란데르트 공작의 이해를 돕기 위해 이언이 재빨리 대양의 눈에 대해 설명했다.

"…아내의 반지와 똑같은 게 두 개나 더 있단 말이냐?"

전혀 몰랐던 사실에 공작이 놀라며 되묻자 바율이 대답했다.

"네, 아버지. 퀸에게 하나, 아버지께 하나, 이사장님께서 나머지 하나를 갖고 계세요. 대양의 눈으로 퀸을 살릴 수 있다는 건 이사장님께서 말씀해 주신 거예요."

이사장?

란데르트 공작의 눈길이 바율을 따라 한곳에 멀찍이 떨어져 있던 라예가르르에게로 향했다.

"……?"

그를 처음 대면하는 공작의 고개가 살짝 기울어졌다. 이상했기 때문이다. 여기 모인 사람들 모두가 심각하고도 진지한 얼굴들을 하고 있었다.

한데 저 미소는 뭐란 말인가? 이런 상황에서 왜 저런 눈빛으로 자신을 바라보는 것일까?

기이한 것은 그것만이 아니었다.

서서히 그에게서 뿜어져 나오는 거대한 기운.

마치 공작의 반응이 궁금하다는 듯 상대는 일부러 천천히 기운을 흘려보내고 있었다.

머리털이 쭈뼛 서며 온몸에 긴장감이 찾아왔다.

위급 시에 발동하는 반사 작용이 저절로 발현되었다.

그가 다급히 바율을 뒤로 물리며 전신에서 마나를 발산했다.

"만월 기사단은 즉시 황태자 전하를 보호하라!"

란데르트 공작이 전면에 나서며 명령했다. 갑작스러운 명이었지만 만월 기사단의 움직임은 신속했다. 그들이 서둘러 황태자를 포함한 일행을 둘러쌌다.

"아버지, 사실 이사장님은……."

바율이 설명하려 했지만 늦었다. 순식간에 퀸의 시신을 사이에 두고 공작과 라예가르가 대치 상태를 이뤘다.

"어이, 아들! 넌 이쪽으로 와야 하지 않을까?"

이런 판국에도 라예가르의 음성에는 장난기가 묻어 있었다. 달라진 점은 이전이라면 웃기지 말라고 소리쳐야 할 일라이가 대꾸조차 없이 눈길을 피한다는 것이었다.

며칠 전, 오두막에서 어떤 대화가 오갔는지 바율과 친구들은 알지 못했다. 궁금한 것은 많지만, 녀석이 먼저 말해주길 기다리는 중이었다.

"넌 누구냐?"

란데르트 공작이 검을 뽑아 들었다. 그가 만일을 대비해 자신의 뒤로 보호 장막을 펼치며 라예가르에게 물었다.

"역시 달라. 인간 주제에 그런 힘을 지니고 있다니. 내가 예상했던 것보다 훨씬 대단하군."

"…인간 주제에?"

예감은 했다만 역시 인간이 아니었던 것인가.

"설마……."

이런 무시무시한 기운을 품을 수 있는 건 란데르트 공작이 아는 한 세상에 딱 하나였다. 시험이라도 하듯 계속해서 압박해 들어오는 상대의 억센 기세에 란데르트 공작은 생애 처음 두려움이라는 것을 느꼈다.

"아버지, 제가 다 설명할 수 있어요! 우선 제 말씀부터 들으세요!"

오해가 쌓이기 전에 풀어야 했다. 그래야 퀸도 서둘러 살려 낼 수 있다.

"공작 전하, 도련님의 말씀을 먼저 들으십시오!"

이언은 자신의 주군이 왜 이런 반응을 하는지 아주 절실히 이해했다. 라예가르가 장난스레 뿜어내는 기운을 그 역시 느끼고 있었다. 란데르트 공작이 충분히 오해를 하고도 남았다.

너의 짐작대로 난 인간이 아니다. 바율도 이미 아는 사실이지.

"……!"

갑자기 머릿속을 울리는 라예가르의 음성에 란데르트 공작이 흠칫 놀라며 그를 바라봤다.

용언이라는 것이다. 너만이 들을 수 있는.

용언이란 드래곤의 언어였다. 그 자체에 마법이 깃든 완벽한 언어.

그랬다. 방금 전에 깨달은 사실이지만, 상대는 드래곤이었다.

그의 아들이라는 일라이를 보고 섬뜩했던 것이 이제야 이해가 되는 순간이었다.

나는 조용히 퀸만 살려 내고 사라져 줄 생각인데, 어때? 계속 이 상태로 있을 건가?

란데르트 공작은 망설였다. 하지만 그 망설임은 그리 길지 않았다.

위압적인 기운에 놀라 본능적으로 방어 태세를 취했다. 하지만 이내 이성적으로 생각해 보니 상대가 해코지를 할 거였다면 진즉에 하고도 남았다. 그럴 능력은 차고 넘쳤으니까.

어째서 드래곤이 인간사에 개입하고 있는지는 모르겠으나, 그런 것은 일단 주위를 물리고 알아내는 편이 좋을 듯했다.

좋아. 얘기가 통하는 것 같군. 그럼 내 아들 친구들만 빼고 다들 좀 치워 주겠어? 데스와 이언까지는 있어도 좋아. 어차피 내가 누군지 알고 있거든.

란데르트 공작은 천천히 검을 집어넣었다. 그리고 다시금 명령했다.

"만월 기사단은 즉시 황태자 전하를 모시고 밖에서 대기하라."

"란데르트 공작님! 저도 있겠습니다!"

"황태자 전하께서 있을 곳이 못 됩니다. 이곳은 제가 알아서 마무리를 짓고 전하를 찾아뵙도록 하지요."

공작이 로티어스 교수에게 말없이 눈짓을 보냈다. 그만 데려가라는 그의 뜻을 알아차렸는지, 로티어스 교수가 고개를 끄덕이며 나가지 않겠다는 황태자를 억지로 잡아끌었다. 헤이즈와 바그너 사제, 라인하르트 총장 역시 예외는 아니었다.

안치소에는 라예가르의 바람대로 딱 필요한 인원만 남았다.

"아버지……."

바율이 공작의 곁으로 서둘러 다가왔다.

"놀라지 마세요. 이사장님은……."

"들었다."

"…네?"

"드래곤이라지?"

"아버지께서 그걸 어떻게……?"

되묻는 바율을 뒤로 물러나게 하며 란데르트 공작이 옷 속에서 목걸이를 꺼냈다.

"역시 몸에 지니고 계셨군요! 다행이에요!"

바율과 친구들이 반지를 보고 약속이라도 한 듯 안도의 한숨을 내뱉었다.

"이 반지면 정말 퀸을 살려 낼 수 있나?"

"이제는 내 말을 믿나 보지?"

"당신 말을 믿는 게 아니라, 태고의 신물을 믿는 것이다."

"호오, 태고의 신물이.뭔지 아는 모양이군."

"당연히 알다마다. 이 반지가 그것인지는 몰랐지만."

란데르트 공작에겐 그저 아내의 유품이었다. 늘 무언가 비밀스러운 느낌을 간직하고 있던 아내였다. 때문에 평범한 반지가 아닐 거라고 생각하긴 했지만, 태고의 신물과 연관 짓지는 못했었다.

"태초에 주신께선 중간계와 마계, 천계를 설계하신 후 각각의 세계에 하사품을 내리셨다. 저마다의 물건엔 특별하면서도 독창적이고 희귀한 여러 힘이 서려 있었지. 그래서 다들 처음에는 신줏단지를 모시듯 귀하고 소중하게 그것들을 다루었다. 그러다 세월이 흐르고 흐르면서 보물처럼 여기던 물건들이 점점 하나둘씩 사라지기 시작했지. 관리가 소원한 틈을 타서 누군가 훔치기도 했고, 관심이 멀어지면서 자연스럽게 다른 곳으로 흩어진 물건들도 생겼지. 개중 대양의 눈이 인어국에 자리를 잡은 건 행운이었어."

라예가르가 그간 바율과 친구들이 궁금하게 여기던 것을 설명해 주기 시작했다.

"주신께서 대양의 눈에 심으신 건 죽음도 이겨 낼 수 있는 소생의 힘이다. 총 세 개의 반지가 모여야만 제대로 그 힘을 발산할 수 있지."

"그럼 애초에 그 반지로 바율도 살릴 수 있었던 겁니까?"

"아니, 그건 불가능하다."

"어째서죠?"

"바율은 반지의 주인이 아니니까. 대양의 눈은 그걸 소유한 자만이 그 힘을 이어받을 수 있다. 그러니까 즉, 나와 퀸, 그리고 란데르트 공작만이 살아날 수 있다는 뜻이지."

대양의 눈에 그런 비밀이 숨어 있었구나!

바율과 친구들은 서로를 돌아보며 천만다행이라고 외쳤다. 이제 정말로 퀸을 살릴 수 있다. 녀석을 다시 볼 수 있을 거란 기대에 다들 가슴이 두근거렸다.

탁!

란데르트 공작이 한 치의 망설임도 없이 목걸이에서 반지를 뜯어냈다. 아들을 살리고 대신 죽음을 선택한 퀸이었다. 다시 살려 낼 수만 있다면 더한 것도 내어 줄 수 있었다.

"여기요."

아버지에게 건네받은 반지를 바율이 라예가르에게로 가져갔다. 반지 세 개가 다 모였으니 드래곤인 라예가르가 뭐든 할 거라고 여긴 것이다.

"나는 안 돼."

"…네?"

"바율, 네가 할 거다."

"제가 하다니요? 뭘요?"

설마 저보고 퀸을 살려 내라는 건 아니시죠?

바율의 눈은 그렇게 묻고 있었다. 말도 안 되는 얘기였다.

"혹시 그런 말 들어 봤나? 드래곤은 중간계의 수호자이기도 하지만, 방관자이기도 하다는 말."

예전에 일라이가 그 비슷한 말을 한 것도 같다. 그런데 지금 그게 무슨 상관이란 말인가?

"내가 도울 순 있는 건 여기까지가 한계라는 뜻이다. 퀸을 살려 내는 건 너무 깊숙이 개입하는 꼴이 되어 버리거든."

"그건 무슨 또 개소리야? 당신이 해야지, 바율 보고 어떻게 하라는 건데?"

일라이까지 황당하다는 듯 맞받아쳤다. 그 역시 반지만 다 모이면 라예가르가 해결해 줄 거라고 생각했기 때문이다.

"모르긴 몰라도 처벌이 상당할걸?"

여태 조용하던 데스가 한마디 끼어들었다. 일전에 해밀턴에서 보았을 때와는 말투나 태도가 판이했다. 그에 란데르트 공작이 가늘게 쳐다보자 이언이 나직이 덧붙였다.

"…데스는 마족이라고 합니다."

"마족……?"

드래곤도 모자라서 이젠 마족이란다. 데스의 정체가 수상하기는 했다만, 바율에게 호감을 갖고 있다는 걸 읽었기에 안심하고 있었는데. 듣고 나니 새삼 기가 찰 노릇이었다.

"처벌이라니, 그건 또 무슨 소리지?"

데스에겐 죽어도 말을 걸고 싶지 않았지만, 일라이는 다른 수가 없었다. 세라리카 교수가 며칠 전에 떠난 탓이다.

"너를 살리기 위해 천 년의 수명을 버렸다. 이번엔 얼마를 더 버려야 할까?"

"뭐, 뭐라는 거야? 퀸을 살리는 데 그딴 게 왜 필요한데!"

"중간계의 최고 포식자로 군림하는 대가로 받는, 일종의 벌칙이지."

"그게 무슨 말도 안 되는 헛소리야! 인간사에 개입할 수 없다면 아카데미는 왜 세웠는데? 애초에 대양의 눈은 왜 뺏었어? 앞뒤가 안 맞잖아!"

"킬리안, 죽은 자를 살려 낸다는 건 그만큼 무거운 일이라는 뜻이다. 그리고 걱정할 것 없어. 바율은 그걸 해낼 만한 힘이 충분하니까."

라예가르가 바율을 지긋하게 응시했다.

"넌 전대 정령왕들의 힘을 계승했다. 그 힘은 결코 나보다 약하지 않아. 아니, 넷을 합치면 나와는 비교할 수조차 없겠지."

"역시…… 알고 계셨군요."

막연하지만 왠지 그럴 거라고 생각했었다. 마족인 데스도 알아본 힘이었다. 드래곤인 그가 모르고 있었다면 외려 더 이상할 것이다.

"바율."

가만히 대화를 듣고만 있던 란데르트 공작은 묻지 않을 수 없었다. 정령왕이란 게 무엇이기에 바율이 그 힘을 계승했다는 말인가?

의문에 가득 찬 아버지의 얼굴을 보고 나서야 바율은 아직 정령에 대해 털어놓지 못했음을 상기했다.

하지만 그 설명을 하자니 어디서부터 얘기해야 할지 까마득하기만 하다. 정령에 대해선 이언도 모르긴 마찬가지이기에 그에게 설명을 떠넘길 수도 없었다.

"아버지, 다 끝나고 말씀드릴게요."

지금 급한 것은 퀸을 살려 내는 것이었다. 대양의 눈만 있으면 가능한 일이라고 했지만, 벌써 며칠이나 지났기에 바율과 친구들은 애가 탔다.

그들도 모르게 이러다 혹시 영영 돌아오지 못하는 건 아닐까 하는 불안감이 불쑥 들고는 했다.

"해 볼게요."

사대 정령왕의 힘을 합치면 드래곤인 라에가르보다 더욱 강하다는 그의 말에 용기를 얻었다. 일라이를 살리기 위해 천 년의 수명을 바친 라에가르에게 또다시 위험한 부탁을 할 순 없었다.

자신은 없지만, 그가 할 수 있다고 했으니 할 수 있을 것이다. 나흘 전 오두막에서 일라이와 관계된 그의 비밀을 들었을 때부터 바율은 라에가르에게 전에 없던 신뢰감이 생겼다.

자신의 수명까지 포기해 가며 일라이를 지켜 낸 그의 행보에 깊은 감동을 받았다.

"방법을 가르쳐 주세요."

"특별한 방법은 없다. 그저 반지의 힘을 믿고 너의 의지를 불어넣는 것밖에는."

라에가르가 손에서 대양의 눈을 빼 바율에게 주었다. 바율은 그것과 어머니의 유품을 합쳐 누워 있는 퀸의 손가락에 조심스럽게 끼웠다.

반지의 힘을 믿는다.

나의 의지를 불어넣는다.

대체 그걸 어떻게 해야 할지는 모르겠지만, 감이 전혀 잡히지 않는 것은 아니었다. 정령들과 소통하면서 어느 정도 익숙해진 나름의 결과였다.

바율은 흔들리는 눈빛으로 라에가르와 친구들, 데스, 그리고 마지막으로 아버지를 쳐다보았다.

'넌 할 수 있을 거다.'

란데르트 공작은 아무 말 하지 않았지만, 바율에게는 그의 응원이 들려왔다.

어머니, 제게 힘을 주세요.

형, 내게 용기를 줘.

퀸이 꼭 살아날 수 있도록 도와주세요.

바율은 한 손으로 퀸의 손을 잡고, 다른 한 손으로는 늘 그렇듯 목에 건 펜던트를 꼭 쥐었다.

그리고 눈을 감고 간절하게 기도했다. 자신의 몸에 잠든 전대 정령왕들의 기운이 깨어날 수 있도록, 속으로 외치고 또 외쳤다.

'제발…….'

그러던 어느 순간이었다.

바율의 가슴 부근에서 어슴푸레한 빛이 새어 나오기 시작했다. 조마조마한 마음으로 그 모습을 지켜보던 이들의 눈이 놀라움으로 크게 떠졌다.

그 불빛이 대양의 눈이 아니라 바울의 펜던트에서 흘러나오고 있었기 때문이다.

"저게 왜……?"

펜던트의 반응은 누구도 예상하지 못했다.

"앗!"

퀸의 손가락에 끼워져 있는 반지가 요동치기 시작한 것은 그때였다. 갑자기 그의 손이 살아 있기라도 하듯 달그락거렸다.

그렇게 한 일여 분쯤 지났을까?

파핫—!

별안간 펜던트에서 거대한 불빛이 번쩍하며 터졌다. 한순간에 시력을 잃고도 남을 만큼 강력한 밝기였다.

경악할 만한 일은 그다음에 벌어졌다. 안치소의 사방 천장에서 난데없이 물이 폭포수처럼 쏟아진 것이다. 홍수가 터진 것도 아니고, 실내에서는 좀처럼 일어나기 힘든 상황이었다. 순식간에 차오른 물은 일행의 발목을 넘어 어느덧 허리와 가슴까지 다다랐다.

"뭐, 뭐야!"

"이게 어디서 쏟아지는 거지?"

그리고 언제부터였을까?

일행이 당황한 사이에 무언가가 나타났다. 마치 물고기

의 비늘 같은 것이 첨벙거리며 그들의 눈을 사로잡았다. 언젠가 퀸이 나단이 버린 증거물을 줍기 위해 수로로 뛰어들었을 때 보았던 것과 같았다.

"퀸?"

물속이 어지러워 제대로 보이지가 않았다.

"퀸, 어디야? 어디에 있는 거야!"

친구들이 애타게 이름을 부르길 몇 번.

촤아아아!

수면 위로 뛰어오르며 드디어 퀸이 몸체를 드러냈다. 방금 전까지 희멀건 낯빛으로 누워 있던 녀석이라고는 믿기지 않을 정도로 생기발랄한 움직임이었다.

물에 젖은 녀석의 파란 머리칼과 그리웠던 새파란 눈동자. 전부 그대로였다.

퀸이 지느러미 꼬리로 물장구를 치며 친구들을 향해 더없이 환하게 웃었다.

"퀴인!"

반가움에 바율과 친구들이 퀸에게 헤엄쳐 가려는데 돌연 안치소가 지진이라도 난 듯 흔들렸다.

"또 뭐야? 설마 물 때문에 건물이 무너지기라도 하는 거야?"

키가 작은 에이단은 물이 턱까지 차올라 있었다. 녀석이 불안함에 허우적거리며 소리를 치는 순간, 흔들거림이 잦아들더니 이번에는 물이 부글부글 끓기 시작했다.

"…이노센트?"

그리고 그때 바율은 잊고 있던 감각을 느꼈다. 되살아난 후로는 희미한 기운만 느꼈을 뿐, 경황이 없어 정령들과 아직 만나지 못한 상태였다.

한데 갑자기 이노센트의 기운을 읽은 것이다.

"바율, 이노센트라니? 그 녀석은 왜 찾는 건데?"

"뭔가 이상해…… 이노센트가 맞긴 한데…… 아닌 것 같기도 하고……."

"뭐라는 거야?"

"이노센트가 여기에 있다는 소리야?"

그때였다.

"으아아악!"

갑자기 에이단의 옆에서 물이 치솟으며 웬 소녀가 등장했다.

익숙한 듯 아닌 듯, 언젠가 본 적이 있는 것만 같은 얼굴.

한 열다섯쯤 되었을까?

허공에 물방울을 뿌리며 그녀가 바율에게 인사했다.

"안녕, 바율?"

"…설마 이노센트?"

뭐가 어떻게 된 것인지는 모르겠지만, 하급 정령이었던 이노센트가 중급 정령의 모습으로 탈바꿈했다. 말투며 인사법은 전혀 변하지 않았지만, 어린아이의 티를 완전히 벗어 던진 이노센트는 여전히 귀엽고 예뻤으며 장난꾸러기였다.

쏴아아아!

그녀가 다시 만난 인사라도 하듯 일행에게 차가운 물벼락을 선사하더니, 홀로 박장대소를 터뜨렸다.

Chapter 2.
다시 만난 친구들

1.

바그너 사제의 사무실에서 란데르트 공작과 바율이 서로를 마주 보고 앉았다. 여름 방학 이후로 처음 맞는 부자 상봉이었다.

짧다면 짧다고 할 수 있는 그사이에 참으로 많은 일이 있었다. 고향 해밀턴에선 광산이 무너지고 바율의 사촌 형인 데릭의 죄가 밝혀졌다. 개강 후 돌아온 아카데미에선 괴한의 칼을 맞은 바율이 죽었다가 살아났다.

뿐인가.

녀석을 살리겠다고 친구인 퀸이 스스로 자신의 목숨을 버렸다. 대양의 눈으로 다시 살렸기에 망정이지, 당사자인 바율은 물론 공작 역시 평생을 죄책감의 무게 속에서 살아갈 뻔했다.

문제는 이것이 다가 아니었다.

이사장과 학생으로 둔갑하고 있던 드래곤과 하인으로 위장하고 있던 마족. 그들을 어찌 해결해야 할지 란데르트 공작은 벌써부터 머리가 아플 지경이었다.

거기에 아들인 바율은 듣도 보도 못했던 정령왕인지 뭔지의 힘을 계승했단다.

막판에 난데없이 나타나 물벼락을 뿌리며 천진난만하게 웃던 소녀. 그 아이를 보고 놀란 건 란데르트 공작과 이언이 유일했다. 둘을 제외한 모두는 이미 알고 있었다는 뜻이다.

대관절 자신의 아들에게 무슨 일이 벌어지고 있는지 공작은 오늘 전부 알아내야만 했다.

"아버지, 따뜻한 차 좀 드세요. 아직 머리카락이 덜 마르셨습니다."

"아비가 감기라도 걸릴까 염려되는 것이냐?"

"그건 아니지만…… 이노센트 때문에 물을 뒤집어쓰셨잖아요."

조금 전만 생각하면 바율은 지금도 어처구니가 없었다. 녀석의 장난이 아버지에게까지 미칠 줄은 정말 꿈에도 몰랐다. 다시는 그러지 말라고 그렇게 말했건만, 중급 정령이 되고서도 녀석은 변한 게 없었다. 아버지와의 대담을 마치는 대로 따끔하게 혼내 줄 작정이었다.

"이러면 되겠느냐?"

란데르트 공작의 말이 끝나기가 무섭게 그의 머리칼에서 물기가 싹 사라졌다. 별로 놀라운 것도 아니었다. 경황이 없어 내버려 두었을 뿐, 이 정도는 공작에게 아무런 위해를 끼칠 수 없었다.

"죄송합니다……."

바울도 아버지가 감기 따위에 걸리지 않는다는 건 알고 있었다. 다만 자신으로 인해서 겪지 않아도 될 일을 겪으신 것에 마음이 쓰였다.

이번 같은 일이 터질 줄 알았다면 처음부터 진즉에 다 말씀드릴 걸 하는 후회가 몰려드는 중이었다.

"네가 죄송할 게 뭐가 있겠느냐. 내가 먼저 알아채지 못한 탓이지."

"아닙니다. 제가 정령에 대해서 미리 말씀드렸어야 했어요. 저도 아직 모르는 부분들이 많아서 차차 말씀드린다는 게 이렇게 되고 말았습니다."

"지금이라도 설명해 보거라. 난 들을 준비가 되었다."

안치소를 가득 채웠던 물이 순식간에 사라지는 장면을

란데르트 공작은 똑똑히 보았다. 기사인 그였지만, 결코 마법이 아니라는 것쯤은 알 수 있었다.

이노센트란 아이는 분명 바율의 지시에 따라 움직이고 있었다. 아들에게 어떤 능력이 숨겨져 있는지 내심 긴장되었다.

"처음 정령을 보았을 때부터 말씀드릴게요."

아무래도 긴 이야기가 될 터였다. 바율은 수업 도중 이노센트를 목격하고 기절했던 날을 시작으로 셰임과 템페스타, 고향인 해밀턴에서 스피넬을 만난 일까지 아버지가 이해하기 쉽도록 차분하게 풀어서 말하였다.

그리고 정령이란 무엇인지, 그들이 어째서 자연계의 조율자라고 불리는지 등 자신이 아는 모든 내용을 아버지에게 털어놓았다.

"…정령의 부재로 자연의 질서가 무너지면서 이 세계가 이렇게 되었다는 말이냐?"

란데르트 공작은 상당히 충격받은 얼굴이었다. 이제껏 존재조차 몰랐던 정령으로 인해 대륙에 끔찍한 자연재해가 이어지고 있다는 게 도저히 믿기지가 않았다.

"아버지께서 믿지 못하시는 거 충분히 이해합니다. 저도 처음엔 믿기 힘들었거든요. 그렇지만 아버지도 보셨잖아요. 이노센트가 한순간에 물을 사라지게 만드는 것을. 사실 그건 아무것도 아니에요. 이노센트는 비를 내리게도, 비를 멈추게도 할 수 있거든요."

"비를…… 멈추게 할 수 있다고?"

해밀턴은 현재 오랜 장마로 도시 전체가 엉망이었다. 비를 멈추게 할 수 있다는 아들의 말에 란데르트 공작의 눈빛이 흔들렸다.

"하급 정령일 때는 어려운 일이었지만, 중급 정령이 되었으니 가능할 거예요. 이노센트가 좀 천방지축이라서 그렇지, 책임감도 있는 좋은 녀석이에요."

"놀랍구나. 정령이 그러한 일도 할 수 있다니……."

공작은 여전히 얼떨떨한 상태였다. 일전에 바그너 사제에게서 받은 서찰이 불현듯 생각났다. 그 안에는 바율이 기절해서 신전을 처음 찾은 당일, 이상한 현상이 일어났다고 쓰여 있었다.

물줄기가 치솟고 창으로는 강풍이 몰아치며 양초에는 불이 켜졌다 꺼지기를 반복했다고 했다. 화분 속에서 나무뿌리가 튀어나와 마치 살아 있는 뱀처럼 꿈틀거렸다는 글을 보고 공작은 기이하게도 죽은 아내를 떠올렸다.

왜인지는 모르겠다.

그저 스러져 간 아내의 마지막 모습 때문이었을까?

괴이했던 그 날의 장면과 서찰의 내용이 겹쳐져서 한동

안 그를 혼란에 빠지게 하기도 하였다.

"네 몸은 괜찮은 것이냐?"

이제 공작도 사대 정령왕이 무엇인지 대충은 알게 되었다. 그들의 힘을 모두 각성하지는 않았지만, 어려서부터 약골이었던 아들이 그걸 견뎌 낼 수 있을지 그 점이 걱정스러웠다.

"그럼요. 이제는 누구보다도 튼튼한걸요."

바율은 웃으며 자신이 병자로 살 수밖에 없었던 이유에 대해서도 설명했다.

"정녕 병이 아니었다는 소리냐?"

더는 놀랄 게 없을 줄 알았는데 자꾸만 생겨났다. 바율이 오히려 과한 신성력으로 몸이 망가졌다는 것에 란데르트 공작은 기함했다.

"그런 것도 모르고……!"

행여 잘못될세라 매달 빠뜨리지 않고 꼬박꼬박 사제를 불러 의식을 행하였다. 다 그의 죄였다. 심약하여 헛것을 보고 듣는 줄로만 알았는데, 그게 정령 때문이었다니 충격이 컸다.

"저는 괜찮습니다. 어쨌든 아버지께서 캐링스턴으로 보내 주신 덕분에 전부 알게 되었잖아요. 감사드려요."

"아니다. 아비가 처음부터 알아냈어야 했다. 그간 얼마나 고생이 심했느냐. 바율, 네게 진심으로 미안하구나."

멀쩡한 아들을 16년이란 세월 동안 병자로 살게 했다. 몰라서 그랬다고는 하나 부모인 공작의 입장에선 미안하고 또 미안했다.

"아버지, 저 같은 사람을 정령사라고 한대요."

바율은 분위기를 바꾸고자 일부러 명랑하게 말했다.

"정령사?"

"네, 정령의 힘을 빌려서 자신의 것으로 사용하는 사람들. 아주 옛날엔 그런 자들을 가리켜 정령사라고 불렀대요."

"정령사라……."

란데르트 공작은 단어를 곱씹었다. 확실히 그는 들어본 적이 없는 말이었다. 금번 일을 해결하는 대로 그도 정령과 정령사에 대해 따로 자세히 알아봐야 할 듯하다.

"어머니께선 어쩌다가 대양의 눈을 갖고 계셨던 걸까요?"

태고의 신물. 무려 주신의 하사품이라는 그런 엄청난 보물을 일가친척 하나 없던 어머니께서 어떤 연유로 습득하게 되신 것인지 바율은 궁금했다.

"그리고 이 펜던트도요."

눈을 감고 있긴 했었으나, 바율 역시 펜던트에서 강렬한

빛이 터지는 것을 분명하게 느꼈다. 이전부터 생각한 것이지만, 자신이 전대 정령왕들의 힘을 계승한 데엔 어머니와 깊은 연관이 있는 게 틀림없었다.

"나도 모든 걸 속 시원히 얘기해 줄 수 있다면 좋겠구나."

하지만 란데르트 공작도 모르기는 마찬가지였다. 누구보다 아내를 사랑했지만, 당시는 전쟁 중이었다. 함께 있을 시간이 부족했고, 출산일에 맞춰 공작이 겨우 본가로 돌아왔을 때 아내는 쌍둥이를 낳다가 세상을 하직했다. 어떤 이야기를 나눌 만한 틈이 없었다.

"네 어머니에 관해 얘기할 만한 건 이미 다 했다. 근데 문득 그런 생각이 드는구나. 혹시 그녀도 너처럼 정령사가 아니었을까…… 하는 그런 생각."

"어머니께서요?"

"그래. 그게 아니면…… 인간이 아니었을 수도 있겠다 싶다."

"……!"

그간 홀로 속으로만 품던 것을 공작이 처음 입 밖으로 꺼내자 바율은 깜짝 놀랐다.

"설마 아버지께서도 어머니가 정령이었을 수도 있다고 생각하시는 건가요? 이노센트처럼?"

푸른 머리칼과 푸른 눈이 무척이나 닮은 둘이었다. 공작의 눈에도 이노센트는 이베트의 어린 시절 모습이라고 해도 믿을 수 있을 정도였다.

"평생 살면서 볼 일이 없을 거라 생각한 존재를 둘이나 마주쳤다. 그래선지 이베트라고 꼭 인간이라 확신할 수는 없겠다고 여겨지는구나."

하나 정황상 그렇다는 것이지, 아직 속단하기는 일렀다.

"네가 절망의 신과 친화력이 생긴 것도 비로소 이해가 간다."

데스는 그저 마족이라고만 밝혔다. 그와는 아직 아무런 대화도 나눠 보지 못했지만, 충분히 짐작 가능한 상황이었다.

"이사장과 일라이도 문제지만, 그가 단순한 마족이 아니라는 게 심히 걱정되는구나."

그래도 드래곤이라면 일단은 인간계를 수호하는 쪽이었다. 용언을 통해 퀸만 살려 내고 사라져 주겠다고 직접 자신과 약속까지 하였다.

남은 건 데스였다.

일개 마족도 아닌 마신이 어째서 인간의 하인으로 위장까지 하고 이곳에 있는지 공작으로선 도무지 납득이 가지 않았다.

"아버지, 실은 데스가 왜……."

정령에 대한 설명을 하느라 데스에 대해서는 미처 말하지 못했다. 바율이 뒤늦게 사정을 얘기하려는데, 갑자기 문밖이 소란스러웠다.

"…이게 무슨 소리죠?"

바율이 인상을 찡그리는 것과 달리 란데르트 공작은 소란의 주범을 단박에 알아차렸다.

"리타가 온 모양이다. 녀석이 왜 저렇게 화가 나서 날뛰는지 가서 들어 보자꾸나."

"리타가요?"

리타라면 지금쯤 여기가 아니라 저택에 있어야 했다. 아버지가 오시면 퀸을 살리고 가겠다는 말로 간신히 달래서 며칠 전 돌려보냈다. 혹시나 해서 바르와 아몬에게 부탁까지 했는데, 그새 무슨 일이라도 생긴 것인가?

아버지의 뒤를 이어 바율이 서둘러 밖으로 나가 보았다.

신전의 복도에는 이언과 헤이즈를 포함한 만월 기사단과 바율의 친구들이 부자의 대화가 끝나기만을 기다리고 있었다.

그들의 등장에 반색하는 일행 너머로 리타의 쨍쨍한 목소리가 울려 퍼졌다.

"이봐요, 데스 씨! 내 말 제대로 들었어요? 당신 해고라고요, 해고!

"저기, 스승님…… 그래도 해고는 조금 심하신 게 아닌지……."

"바르!"

"넵, 스승님."

"당신도 해고예요."

"헉! 저, 저도요?"

"아몬도 마찬가지예요!"

"아니, 저는 왜……?"

"그걸 지금 몰라서 묻는 거예요? 당신들 형제가 나한테 무슨 짓을 했는지 정말 몰라서 묻는 거냐고요! 어떻게 나를, 어떻게 이렇게 연약한 나의 목덜미를 눌러서 기절을 시켜요?"

"…그렇게 꼭 연약하지만은……."

"내가 없으면 우리 도련님 분명 식사도 잘 안 하실 텐데 왜 자꾸 못 가게 막는 거예요? 내가 옆에서 챙겨 드려야 한다고 몇 번을 말해요!"

"우리는 그저 시키는 대로……."

"됐고요! 당신 형제들 전부 해고야! 절대 용서 못 한다고요. 알겠어요?"

리타의 눈동자가 희번덕 돌아갔다. 바율이 아는 한 저런 리타는 아무도 막을 수 없었다.

"내 동생들과 오해가 좀 있었던 모양인데, 내가 대신 사과할게. 청소도 더 열심히 할 거고. 그러니까 화 좀 풀면 안 될까?"

데스가 하얀 이를 드러내며 미소까지 지어 보았지만 소용없었다. 바르와 아몬이 그 옆에서 손발이 닳도록 싹싹 빌었지만, 화가 머리끝까지 치솟은 리타를 이겨 낼 수는 없었다.

"저게 무슨……."

데스의 정체를 아는 이들이 경악하며 입을 쩍 벌린 채 그 모습을 지켜보았다. 그에 화답이라도 하듯 리타의 분풀이는 장시간 계속되었고, 데스 형제의 사죄 역시 멈추지 않고 이어졌다.

"리타, 그쯤 했으면 되었다."

상대가 상대인지라 란데르트 공작도 잠시 당황해 굳어 있었다. 하지만 현재 그들이 있는 곳은 정숙해야 할 신전이었다. 녀석이 무엇 때문에 화가 난 것인지는 잘 알겠다만, 계속 두고 볼 수만은 없었다.

"그렇게 불쌍한 표정 짓는다고 내가 봐줄 것 같아요? 나 그렇게 호락호락한 사람 아니거든요!"

"리타!"

리타의 말소리가 어찌나 큰지 공작의 음성이 묻혔다. 그가 조금 더 크게 소리를 높이자 그제야 리타가 황급히 뒤를 돌아보았다.

"어맛! 영주님!"

많이 늦은 감이 없지 않아 있지만, 리타가 양손으로 치마를 잡으며 공손하게 예를 갖춰 인사했다.

"바율은 잘 있으니 괜히 애먼 사람들 잡지 말거라."

"…네."

할 말은 엄청나게 많지만, 감히 영주님의 말씀에 토를 달 수는 없었다. 데스 형제를 살짝 흘겨보며 리타가 얌전하게 대답했다.

"리타."

그때 그녀의 귀로 반가운 목소리가 들렸다.

"도련님? 바율 도련님!"

야단맞은 아이처럼 시무룩하던 리타가 환하게 웃으며 바율에게로 달려갔다. 방금 전에 데스 형제를 대하던 것과는 완전히 천지 차이였다. 바율을 이리저리 살피는 모양새가 걱정을 이만저만 한 게 아닌 듯했다.

"저택에서 기다리라니까, 여긴 왜 온 거야. 있어 봤자 불편하기만 할 텐데."

"도련님이 잘 계신지 불안해서 도저히 가만히 있을 수가 없었어요. 저도 아카데미에 머물게 해 주세요. 네?"

"아버지도 오셨으니 오늘 저녁에는 저택으로 가게 될 거야. 그러니 걱정 말고 가서 기다려."

"싫어요! 바르와 아몬하고 같이 있기 싫단 말이에요."

두 마족에게 단단히 삐친 듯 리타가 고집을 부리기 시작했다. 이럴 땐 회유책만이 답이었다.

"알았어. 그럼 물의 정원에서 기다릴래? 거기가 예쁘다고 좋아했었잖아. 볼일 마치면 데리러 갈게."

"네! 그럴게요!"

태어나면서부터 바율과 함께 지낸 리타는 바율 곁에 있어야 비로소 안정감을 얻는다. 본인이 살아가야 할 의욕을 느낀다고 해야 할까? 평생 바율을 편안하게 모시는 것이 리타에겐 꿈이자 바람이었다.

"그럼 영주님, 저녁에 뵐게요!"

아카데미에 머물 수 있게 된 것에 기분이 좋아진 리타가 한결 가볍게 신전 밖으로 향했다. 물론 그 와중에 데스 형제를 향해 '흥!' 하고 콧소리를 내는 것도 잊지 않았다.

"사부님……."

"리타 양……."

"아 씨, 미안하다니까? 해고는 좀 취소하지?"

그 뒤를 마족 셋이 어깨가 축 처진 채 따르는 광경을 보며 공작은 작금의 상황을 어떻게 받아들여야 할지 통 짐작하기가 어려웠다.

"바율, 리타는 모르는 모양이지?"

그때 에이단이 다가와 바율에게 물었다. 처음엔 황당해서 그냥 보고만 있었는데, 이제는 피식피식 웃음이 새어 나왔다.

억만금을 주고도 보지 못할 풍경이질 않은가.

마족 셋이 열여섯 살 소녀에게 기 한번 펴지 못하고 쩔쩔매는 모습이라니, 오래도록 잊지 못할 진귀한 장면이었다.

데스가 어디 그냥 마족이던가?

그는 무려 자신들이 발을 딛고 있는 이 신전의 주인이었다. 드래곤과도 맞짱 뜰 수 있는 마계의 총사령관이 리타에게 갑질(?)을 당하는 모습은 보는 이들로 하여금 묘한 카타르시스를 느끼게 했다.

"미처 말할 기회가 없었거든. 말해서 좋을 것 같지도 않고."

"내 생각에도 앞으로 쭉 말 안 하는 게 좋을 것 같다. 재밌는 구경은 여러 번 보는 게 좋잖아. 아주 신선해!"

"근데 안 보낼 거야?"

"응?"

"곁에 계속 둘 거냐고. 난 싫거든."

일라이가 마족을 싫어했던 건 녀석이 드래곤이기 때문이었다. 더 깊게는 친부인 라노스가 어떤 연관이 있어서인 듯한데, 그에 관해 물어볼 만한 분위기는 아니었다.

"데스가 하인으로 와 있는 건 리타의 음식 때문이야. 리타의 요리를 먹고는 마계의 음식은 맛없어서 못 먹겠다면서 요리사인 바르까지 데려와서 배우게 하는 중이고."

"아, 그래서 바르가 리타를 스승님이라고 부르는 거구나? 리타 음식이 끝내주긴 하지. 인정!"

"셋 다 먹는 것을 엄청나게 밝히고 좋아해서 리타에게 꼼짝을 못 해. 리타가 죽으라고 하면 죽는 시늉까지 할걸?"

"그 정도냐?"

"응. 청소에 소질이 있어서 그걸로 리타에게 신뢰를 얻기도 했어."

물론 마력으로 하는 일이었지만, 어쨌든 청소만큼은 기가 막히게 잘하는 건 사실이었다.

"다른 이유는 더 없는 게 확실한 것이냐?"

친구들 간에 오가는 대화로 어느 정도 상황은 파악이 되었다. 아들인 바율이 하는 말이니 거짓은 아니겠다만, 이걸 곧이곧대로 믿자니 어이가 없는 것도 사실이었다.

"네, 아버지. 정말로 그게 다예요. 아버지께서 염려하시는 일 같은 건 일어나질 않을 테니 너무 걱정하지 마세요."

데스에게 적의가 없다는 건 해밀턴에서부터 알던 사항이었다. 하지만 그때는 그의 정체를 모를 때였다. 아무리 바울이 좋게 설명해도 공작에게는 받아들이는 데에 시간이 좀 더 필요했다.

"우선은 알겠다. 두고 보면 알게 되겠지."

솔직히 말해 지금은 드래곤도 마족도 상대할 정신이 없었다. 황태자 암살 시도 사건에 대해 하루라도 빨리 파헤쳐야 했다.

이미 란데르트 공작에게 전권을 위임한다는 황제의 칙서가 도착했다. 아들의 생사도 확인하였으니 이제는 이번 사건의 전말을 확실히 조사해야 할 터였다.

"난 황태자 전하를 뵈러 가야겠다. 너희는 회포를 푸는 게 좋을 것 같구나."

되살아난 퀸에게 고맙다는 말 외에는 아직 전한 것이 없었다. 마음 같아선 녀석이 원하는 것은 뭐든 들어주고 싶었지만, 공작의 위치가 위치인지라 해결해야 할 일의 순서가 있었다.

"나와는 나중에 다시 이야기하자."

퀸에게 따로 말을 전하며 란데르트 공작이 바율을 재차 눈에 담았다. 이렇게 눈앞에 건강하게 있다는 것이 새삼 대견했다.

바율을 잃었다면 자신은 어찌 되었을까.

아마 제정신으로 살기는 힘들었을 것이다. 아내와 바일을 먼저 떠나보냈다. 또다시 그런 끔찍한 일이 일어나지 않아서 천만다행이었다.

"오늘 저녁은 오랜만에 리타의 음식을 먹겠구나. 바율, 이따가 보자."

란데르트 공작이 다정한 말을 남기고는 서둘러 황태자를 만나러 이동했다. 그 뒤를 만월 기사단이 질서 정연하게 뒤따랐다.

"우리도 할 말이 꽤 많을 것 같지?"

복도에는 바율과 친구들만이 덩그러니 남았다. 에이단이 별안간 훌쩍 뛰어오르더니 퀸에게 헤드록을 걸었다.

"야! 안 놔?"

부지불식간에 이뤄진 공격이라 미처 피하지 못했다. 퀸이 벗어나려고 애를 썼지만, 기사학부인 에이단의 힘은 만만치가 않았다. 체구만 작을 뿐이지, 누구와 붙어도 지지 않을 만한 깡과 기운이 넘치는 녀석이었다.

"좋게 말할 때 놓지?"

"어림없는 소리!"

퀸의 경고에도 에이단은 멈추지 않았다. 녀석이 팔에 더욱 힘을 가하며 퀸을 바그너 사제의 사무실로 질질 끌고 갔다.

"일단 좀 맞고 시작하자!"

사무실의 문이 닫히자마자 매타작이 시작되었다. 에이단과 일라이가 벼르던 복수라도 하듯 퀸의 등짝을 사정없이 내리쳤다.

"이것들이 진짜! 아프다니까!"

"얘들아, 그만해!"

이제 막 살아났는데 이러다 또 잘못되는 건 아닌지 바율은 걱정이 들었다. 해서 어떻게든 말려 보려 했지만, 쪽수에서 밀렸다. 로건까지 가세해서는 퀸을 무섭게 응징했다.

"바율, 넌 빠져! 이 녀석은 맞아야 정신을 차린다고!"

"우리한테는 한마디 상의도 없이 그런 짓을 벌여? 너, 다음에도 또 그러면 그땐 내 손으로 직접 죽여 버린다!"

"편지에 우리에 관한 건 하나도 없고, 순 바율 얘기뿐이었지? 그러니까 열 대만 더 맞아라!"

"나쁜 새끼! 넌 인마, 인간도 아니야!"

때리는 강도가 확 줄었다. 그 틈을 타 퀸이 위기를 벗어나며 소리쳤다.

"그럼 내가 인어지, 인간이냐? 무슨 헛소리야!"

"이게 아주 그냥 매를 벌지? 앙?"

퀸에게 달려들던 에이단이 갑자기 털썩 자리에 주저앉았다. 그런 녀석의 두 눈에는 어느새 눈물이 그렁그렁했다.

바울과 다른 친구들 또한 눈시울이 붉어지긴 마찬가지였다. 충혈된 눈으로 퀸을 바라보는 친구들의 시선에는 깊은 안도감이 서려 있었다.

다시는 못 보는 줄 알았다. 대양의 눈을 기다리며 퀸의 시신을 붙잡은 채 조금만 기다려 달라고 간절히 빌고 또 빌었다. 그 기도의 결실이 눈앞에 있다는 게 아직도 실감이 안 난다.

헝클어진 머리와 옷매무시를 가다듬던 퀸이 그런 친구들의 모습에 쉽게 입을 열지 못했다. 무슨 마음인지는 충분히 전달되었다. 하지만 어떤 말로 그에 대꾸해야 할지는 잘 떠오르지 않았다.

그저 고맙다는 말밖에는 할 게 없었다.

"…고맙다."

"뭐? 잘 안 들리거든?"

"…고맙다고."

"한 번 죽었다가 다시 살아나더니 목구멍이 막혔냐? 왜 이렇게 소리가 작아?"

에이단의 장난질에 퀸의 이마에 힘줄이 돋아나는 게 눈에 보였다.

"역시 되살아나도 성깔은 변하지 않는가 보네."

"내 목구멍이 아니라 너희 귓구멍이 막힌 것 같거든? 어디, 시원하게 뚫어들 줘?"

마침 사무실에 물이 담긴 꽃병이 존재했다. 퀸이 한쪽 입꼬리를 사악하게 말려 올리더니 주르륵 물을 꺼내 왔다.

"야, 야, 진정해!"

"설마 그걸로 우릴 공격하려는 건 아니지?"

"글쎄…… 그럼 내가 이걸 가지고 뭘 하려고 했을까?"

뾰족한 물줄기가 친구들을 위협하듯 이리저리 흐느적거렸다.

"퀸, 이건 좀 치우고 얘기하는 게 어때?"

바율이 얼굴 가득 착한 미소를 지으며 설득하려 했지만, 퀸은 그저 웃기만 할 뿐 사태를 유지했다.

"아 참, 퀸! 너 못 들었지?"

"……?"

"너 죽은 채로 누워 있느라 하나도 모를 거잖아. 엄청난 대박 뉴스 하나 있는데 들어 볼래?"

"됐거든."

"아닌데…… 들으면 너무 놀라서 그런 물줄기는 그냥 치워 버리게 될 텐데."

"…뭔데?"

결국 에이단이 퀸을 꾀는 데 성공했다.

"에이단, 너 혹시……?"

짐작 가는 바가 아주 없는 것이 아니기에 바율이 쳐다보자 에이단이 손가락으로 일라이를 가리켰다.

"저 자식! 저 자식이 실은 인간이 아니라 드래곤이래!"

"…드래곤?"

그러나 퀸의 반응은 그들의 예상과 달랐다. 드래곤이란 단어를 듣고도 경악하거나 놀라는 대신, 뭔가 이상한지 고개를 갸웃거렸다.

"드래곤이 뭔지 모르냐?"

"내가 너 같은 바보로 보여?"

"진짜야! 저 자식뿐 아니라 이사장님까지 싹 다 드래곤이라니까? 우릴 그동안 감쪽같이 속였다고!"

"아, 그래서……."

죽기 직전 라예가르에게 품었던 의구심이 비로소 정리가 되었다. 인간이 아닐 거라 내심 짐작은 했었는데, 그가 드래곤이라면 이야기가 맞아떨어진다.

"생김새를 보아하니 레드 일족인가?"

퀸이 흥미롭다는 듯 일라이를 아래위로 훑어보았다.

"뭐야…… 왜 안 놀라는데? 너 라이가 드래곤인 거 알고 있었어?"

"아니, 몰랐는데."

"근데?"

"어울려."

"뭐라고? 뭐가 어떻다고?"

"매우 몹시 잘 어울린다고. 생긴 것 하며 분위기가 지금 보니 딱 드래곤이네."

"뭐냐, 얘? 나도 죽었다 살아나면 저런 반응을 보일 수 있는 거냐?"

에이단이 어이없다는 듯 바율에게 물었지만, 죽었다가 다시 살아난 사람으로서 바율은 그에 공감할 수 없었다. 드래곤인 일라이를 친구로 생각하는 건 여전하지만, 놀라지 않았던 것은 아니다.

"근데 몇 살이지?"

"…어?"

"라이, 너 몇 살이냐고. 헤츨링이라고 해도 나이는 꽤 많을 거 아냐?"

허를 찌르는 질문이었다. 퀸의 기습 공격(?)에 별안간 일라이가 꿀 먹은 벙어리가 되고 말았다.

"야, 말을 해."

"갑자기 왜 입을 닫아? 안 벌려? 너 막 백 살 넘고 그런 건 아니지?"

에이단이 일라이의 답을 듣기 위해 멱살을 잡고 짤짤 흔들었지만, 녀석은 어째선지 침묵을 택했다. 때문에 아무 관심도 없던 친구들까지 궁금해지기 시작했다.

Chapter 3.
조사 시작

1.

"정말 답답해서 미치는 줄 알았습니다!"

란데르트 공작이 실내로 들어서자마자 린데만 황태자가 벌떡 일어나 다가왔다. 그는 혼자가 아니었다. 로티어스 교수와 레오네트 백작이 함께 공작이 오기만을 기다리고 있었다.

"이사장이란 자의 정체가 무엇입니까? 그가 대체 누구이기에 란데르트 공작님이 그토록 경계하셨던 겁니까? 그리고 데스는요? 제가 볼 때 그는 절대 평범한 하인이 아닙니다."

아무도 얘기해 주지 않았다. 자리를 비켜 달라는 말만 몇 번을 들었는지 모른다. 란데르트 공작이라면 이 답답함에서 벗어나게 해 줄 거라고 황태자는 생각했다.

"아킨, 순서가 틀렸다."

로티어스 교수가 황태자를 대신해서 공작에게 사죄했다.

"죄송합니다, 공작 전하. 바율 덕에 이 녀석이 살았습니다. 심려가 얼마나 크셨습니까."

"아, 이런!"

숙부의 지적에 황태자는 그제야 자신의 실수를 깨달았다. 지금은 궁금한 걸 따져 물을 때가 아니었다. 아들의 부고 소식을 듣고 이곳을 찾은 공작이다. 더욱이 바율은 자신을 살리고 대신 죽었다. 결과적으로 바율이 다시 살아나긴 했지만, 방금 전에 그는 엄청난 결례를 저지른 것이었다.

"란데르트 공작님, 죄송합니다. 입이 열 개라도 할 말이 없습니다. 어떤 마음으로 여기에 오셨을지 미처 짐작하지 못하고 말을 내뱉었습니다. 정말 죄송합니다."

"아닙니다. 바율이 다시 살아났으니 저는 그것으로 되었습니다. 하니 마음 쓰지 마십시오."

평소 린데만 황태자의 성향을 잘 아는 공작이었다. 바율과 퀸이 멀쩡히 살아난 데다가, 이상한 일이 자꾸 생겨나니 그의 성격상 많이 갑갑했을 것이다.

자신조차도 아직 이리 혼란스러운데 황태자는 오죽하겠

는가.

아들을 대신해서 의문에 대한 답을 해 주어야 할 때였다.

"우선 다들 앉아서 얘기하는 게 어떨까 합니다만."

지팡이를 손에 든 레오네트 백작의 제안에 다들 고개를 끄덕이며 둥그런 테이블을 중앙으로 빙 둘러앉았다.

"인사가 늦었네요. 오랜만에 뵙습니다, 레오네트 백작님. 여전히 건강하신 것 같아 다행입니다."

"자네도 팔팔해 보이는 건 똑같구먼. 이번에 아들이 장한 일을 했어!"

황태자를 살린 일을 칭찬하는 것이었다. 바율이 다시 살아났으니 할 수 있는 말이기도 했다.

"퀸도 무사해서 얼마나 다행인지 모릅니다."

아끼는 제자를 둘이나 잃을 뻔했다. 로티어스 교수는 바율과 퀸이 살아났다는 것이 아직도 믿기지가 않았다.

"대양의 눈이 내게 있어서 운이 좋았지. 모든 게 이사장이 태고의 신물을 알고 있었던 덕분이라네."

"그는 그걸 어떻게 안 거죠?"

황태자뿐 아니라 로티어스 교수와 레오네트 백작은 이번 일로 태고의 신물이라는 게 있다는 것을 처음 알았다.

"실은 그가 고위 마법사라고 합니다."

"마법사요?"

"네, 태고의 신물을 아주 오래전부터 연구해 왔다고 하더군요."

란데르트 공작은 급조한 변명이 사실처럼 들리길 바라며 표정 관리에 애썼다.

"대양의 눈이라는 반지에 대해서는 저도 들었습니다. 처음엔 도무지 믿기지가 않았는데, 퀸을 보고 나니 마음이 바뀌었죠."

"주신의 힘이 깃든 물건이라네. 의심하면 안 되지."

"그 세 개의 반지가 약속이라도 한 듯 한자리에 모였다니, 그것 또한 매우 신통방통하지 않은가? 애초에 죽을 운명이 아니었던 게야."

"저도 같은 생각입니다."

"어린 생명이 둘이나 살아났으니 축배를 들어도 되겠군!"

축배라는 단어를 입에 올리면서도 레오네트 백작의 안색은 그리 밝지 않았다. 너무나 많은 목숨이 생을 마감했다. 황태자를 호위하다가 그리되었으니 적절한 보상이 이어지겠지만, 세상에 목숨보다 귀한 것은 없는 법이었다.

"오늘 저녁에 저희 집으로 오시겠습니까?"

"에이, 늙은이가 거길 껴서 뭐 하라고! 난 됐네."

황태자 암살 시도 사건만 아니라면 집에서 편하게 누워

낮잠에 빠질 시간이었다. 나이를 먹어선지 어디 가는 것도 귀찮은 요즘이었다.

"근데 여기 이사장의 실력이 만만치 않은가 보지?"

란데르트 공작이 라예가르를 보고 소스라치게 놀랐다는 말을 전해 들었다. 공작이 놀랄 정도면 적어도 7서클 이상의 대마법사라는 이야기인데, 어째선지 전혀 들어 본 적이 없었다.

"태고의 신물도 그렇고, 아직도 내가 모르는 게 이렇게나 많다니, 반성을 좀 해야겠어."

상인이라면 무엇보다 정보에 빨라야 했다. 제국을 넘어 대륙까지 주름잡는 캐링스턴의 주인으로서 레오네트 백작은 기분이 썩 좋지 않았다.

"저도 사전 정보가 없기는 마찬가지였습니다. 만일의 사태를 대비하여 일단 황태자 전하를 보호했던 것입니다."

"…하면 데스는 누구입니까?"

제국에 등록되지 않은 대마법사의 등장이 찜찜하기는 하나, 마법사 중 괴짜가 아닌 자를 본 적이 없으니 이해 못 할 것은 아니었다. 그러니 이사장은 넘어가고 데스가 누구인지를 알고 싶었다.

"아, 데스는 저의 수하입니다."

"예에? 공작님의 수하요?"

"네, 그렇습니다."

"하지만…… 그때 기숙사에선 분명 이언 경도 모르는 것 같았는데요?"

"이언조차 모르게 극비리에 심어 놓은 자입니다."

"이언 경의 실력이라면 제가 잘 아는데, 거기에 비밀 호위 기사까지 더 집어넣으셨던 겁니까? 와, 이제 보니 아들 사랑이 장난이 아니시네요."

"그래서, 지금 날 비꼬는 건가?"

"그럴 리가요. 그냥 문득 그런 단어가 생각납니다."

"…단어?"

"아들 바보."

"숙부!"

린데만 황태자가 깜짝 놀라 로티어스 교수를 휙 돌아봤다. 아무리 친분이 두터운 사이라지만, 어떻게 란데르트 공작에게 그런 소리를 하냐는 비난이 서린 눈빛이었다.

하지만 정작 공작은 피식 웃을 뿐 인상 한 번 찌푸리지 않았다. 틀린 말이 아니었기 때문이다.

'아들 바보라…….'

인정을 안 하려야 안 할 수가 없는 말이었다.

"아무튼, 그럼 이제 궁금증은 좀 풀리신 겁니까?"

공작의 거짓말은 어쩔 수 없는 선택이었다. 라예가르와

데스의 진짜 정체는 알려지지 않는 편이 모두를 위해서 이로웠다. 계속 주의 깊게 살펴보면서 나름의 경계를 하는 것이 지금의 그가 할 수 있는 최선이었다.

"데스라는 자, 아니 이제는 데스 경이라고 불러야 하나요?"

"편하실 대로 부르십시오."

"데스 경의 실력이 궁금하네요. 바율의 비밀 호위라니, 왠지 엄청난 실력자일 거란 생각이 듭니다."

린데만 황태자도 검사였다. 그것도 상당한 재능이 있는. 능력 있는 기사를 만날 때마다 그래 왔듯 또다시 호승심이 솟구치는 모양이었다.

"언제 기회가 되면 보실 일이 있겠지요. 제가 말씀드릴 수 있는 건, 아마 그날 데스가 사건 현장에 있었다면 상황은 달랐을 거라는 겁니다."

마계에 일이 생겨 그가 자리를 비우지만 않았어도 사태가 그 지경까지 가지는 않았을 것이다. 안타깝게 명을 달리한 수하들의 얼굴이 공작의 머릿속에 어른거렸다.

"그런데 굳이 왜 바율의 심장을 찔렀을까요?"

"숙부, 또 그 얘기예요?"

며칠 전부터 황태자를 붙잡고 로티어스 교수가 매일같이 묻는 말이었다.

"그걸 이상하게 생각하는 이유가 뭔가?"

란데르트 공작이 아는 건 바율이 황태자를 구하려다가 대신 칼에 맞았다는 것이었다. 어떻게 어떤 방식으로 당한 건지는 아직 듣지 못했다.

기차역에 도착하자마자 아들의 생사를 확인하기 위해 달려왔고, 대양의 눈으로 퀸을 살려 낸 후 바율과 짤막한 대화를 나눈 것이 전부였다. 바율의 몸에는 어떤 상처도 남아 있지 않았기에 확인할 길조차 없었다.

"아킨이 말하길, 괴한이 녀석을 베기 직전에 바율이 밀치는 바람에 두 사람이 각각 목과 가슴을 베였답니다. 둘 다 치명상은 아니었고요."

"그런데?"

"생각을 해 보십시오. 이유는 모르겠지만, 괴한은 마지막 힘을 짜내는 중이었습니다. 단 한 번의 찌르기만 할 수 있는 상태였죠. 한데 왜 아킨이 아니라 바율을 찔렀을까요? 둘 모두 검이 닿는 거리에 있었는데 말이죠. 공작 전하는 이게 이상하지 않으십니까?"

물론 로티어스 교수도 그 장면을 직접 본 것은 아니었다. 다만 부상에서 회복한 조카에게 그날의 상황에 대해 듣다 보니 이상하단 생각이 불현듯 든 것이다.

황태자를 죽이러 와 놓고, 막판에 조금 삐끗해서 바율을 대신 죽였다는 건 뭔가 억지스럽다는 느낌이 자꾸만 들었다.

"…그러니까 자네 말은 놈들이 처음부터 황태자 전하가 아니라 바율을 노린 것일 수도 있다, 그 뜻인가?"

"미친 소리 같겠지만…… 네, 그렇습니다."

"황태자 전하께선 제대로 기억하고 계신 것이 맞습니까?"

"눈앞에서 바율이 죽는 모습을 목격했습니다. 검에 베인 순간 지독한 통증이 느껴졌지만, 녀석의 심장에 검이 박히는 걸 본 그 순간에는 아무것도 느껴지지가 않더군요. 처음으로 마음을 주었던 친구가 나 때문에 죽는다고 생각했으니까요."

"이상한 점은 그것만이 아니네."

잠자코 듣고만 있던 레오네트 백작이 끼어들었다.

"지난 며칠간 제국 전역에서 보고되는 서류를 검토해 보았는데, 그 정도 규모의 암살자를 길러 낸 흔적은 어디서도 찾을 수가 없더군."

"수가 일백이 넘었다지요?"

"물론 내 조사가 완벽하지 않을 수도 있네. 하지만 분명한 건 그만한 실력자를 다수 배출하기 위해서는 상당 기간 먹이고 입히고 재워야 한다는 사실이야. 그러려면 물자가 만만치 않게 들어가지. 근데 아무리 장부를 뒤져 봐도 모르겠더라고."

말로는 뒷방 늙은이라며 스스로를 폄하하지만, 레오네트 백작은 제국의 제일가는 부자 가문을 만들어 낸 장본인이었다. 빼곡하게 적힌 숫자들만 보고도 단박에 재정 상태와 물자의 이동 경로를 꿰뚫어 보는 그의 능력은 이미 정평이 나 있었다.

"제국이 아니라면 타국에서 데려왔다는 뜻이겠군요."

"자네, 원한을 산 자가 있나?"

"…원한이요?"

"그래, 정말 바율을 노린 거라면 녀석이 미워서 그랬겠나? 그 어린 녀석의 어딜 보고 죽이려고 덤비겠어. 아비인 자네가 싫어서였겠지."

지금껏 그런 생각은 일절 해 본 적이 없었다. 자신 때문에 바율이 위험해질 거라고는 상상조차 해 보지 못했다.

"란데르트 공작님은 제국뿐 아니라 타국에서도 영웅으로 칭송받는 분입니다. 십년전쟁을 끝내셔서 고마워하는 사람들뿐이지 않습니까? 원한을 사실 리가 없지요."

"아니, 딱 한 사람. 로이안 황제라면 다르지."

"조금 전엔 미친 소리라더니, 이미 배후까지 생각해 두었군."

"어디까지나 가설입니다. 황궁에서 공작 전하와 무력 충돌할 뻔한 사건도 있지 않았습니까? 뜬금없이 사절단으로 제국을 방문한 것이 영 걸립니다."

"로이안이라……."

그가 란데르트 공작에게 원한이 있다는 건 명백한 사실이었다. 공작이 그의 아버지인 바라첼 상황의 사지를 절단한 장본인이니 말이다.

하지만 단순히 그 때문에 이렇게까지 나오는 건 너무 무모했다.

'바라첼 상황이 자살을 한 것이 걸리기는 하다만…….'

똑똑!

"공작 전하, 나와 보셔야 할 것 같습니다!"

그때 갑자기 밖에서 사다드가 공작을 찾았다. 목소리에서 다급함이 느껴졌다.

"같이 가 보세."

가만히 있는 것은 그들의 체질과 맞지 않았다. 공작을 따라 황태자와 로티어스 교수, 레오네트 백작이 서둘러 일어났다.

"꿇어라!"

신전의 입구쯤이었다. 웬 사내가 두 다리와 양팔이 뒤로 묶인 채 만월 기사단의 손에 잡혀 왔다.

"누구지?"

"캐링스턴 성문을 빠져나가려는 걸 잡아 왔습니다. 갖고 있는 신분증의 연식이 오래되어 질문을 몇 개 해 보았는데, 대꾸를 안 하지 뭡니까?"

공작은 기차역에 도착해서 기사단을 두 무리로 나눴다. 한쪽은 공작을 따르고, 다른 한쪽은 시내를 돌며 혹시 모를 잔당이나 수상한 자들을 수색하여 잡아 오도록 한 것이다.

사내는 생김새 하며 옷차림이 꽤 멀끔했다. 체구는 왜소하고 말랐지만, 그가 잘 단련된 고수임을 공작은 단박에 알아보았다.

"죽여라."

다짜고짜 란데르트 공작이 처형을 명했다. 그에 옆에 있던 만월 기사단이 한 치의 망설임도 없이 검을 뽑았다. 반면 잡혀 온 사내가 기겁하며 헉 소리를 냈다.

"벙어리는 아니군."

차앙!

이번엔 란데르트 공작이 검을 꺼내었다. 그가 뾰족한 검날을 사내의 목에 겨누었다.

"난 두 번은 묻지 않는다. 어디를 가는 중이었지?"

공작의 서슬 퍼런 기세에 눌린 것일까. 눈치를 살살 살피던 사내가 드디어 입술을 뗐다.

“저, 저는…… 옆 도시에 사는 아내를 만나러 가는 길입니다. 기사님들의 태도가 너무 강압적이어서 무서워 말을 못 한 것이지, 저는 진짜 아무런 죄도 짓지 않았습니다.”

“옆 도시라면 호이안을 말하는 겐가?”

“네, 맞습니다! 아내의 친정이 그곳입니다!”

“호이안의 어느 마을이지?”

“…오하라라는 곳입니다.”

“이자를 옥에 가두어라!”

사내가 막힘없이 대답했음에도 불구하고 갑자기 공작이 돌변했다. 그것에 주위에서 어리둥절하자 공작이 설명했다.

“말투에 드와이어트 제국의 억양이 섞였습니다. 그래서 처음에 말을 하지 않은 것입니다.”

“…드와이어트 제국이라고요?”

아무래도 로티어스 교수의 가설을 진지하게 생각해 봐야 할 때인 듯했다.

“사다드.”

“네, 공작 전하.”

“소대장급 회의를 시작한다. 지금 당장 집합하도록.”

2.

회의는 주교의 집무실에서 이뤄졌다. 보안을 유지하며 열 명 남짓한 인원이 모여 앉아 사태를 논의할 수 있는 공간 중 가장 넓은 곳이었기 때문이다.

"헤이즈."

"네, 공작 전하."

"시작해라."

헤이즈는 이 자리에 있는 인물 중 황태자의 암살 시도가 있던 날 현장에 있었던 유일한 사람이었다. 적들에게 발이 묶여 늦게 도착한 이언보다 훨씬 더 많은 것을 보고 들었으리라. 그날의 정황에 대해 공작은 보다 더 자세히 알아야만 했다.

"설명하겠습니다."

헤이즈는 기습이 시작되었던 순간부터 의식을 잃고 쓰러졌을 때까지의 사건 과정을 머뭇거림 없이 신속하고 정확하게 보고했다.

요즘 기사들은 잘 쓰지 않는 쇼텔과 플랑베르주를 능숙하게 다룬 것, 적의 대장이 보여 준 실력이 결코 자신보다 하수가 아니었다는 것, 그리고 전투 중에 갑자기 나타난 불꽃 소녀까지.

막판에 상대가 스스로 본인의 팔뚝을 입으로 물어뜯어 가슴의 문신에 피를 문지르자 검은 기운이 몰아치며 엄청나게 강해졌었다는 얘기도 빠뜨리지 않고 말했다.

"마지막엔 잿가루가 되어 사라졌습니다. 남은 복면인들도 그때 목을 그어 자결을 했습니다."

놈의 최후를 본 건 이언이었다. 당시를 회상하는 이언의 양 주먹이 세게 쥐어졌다.

"잿가루가 되어 사라졌다……."

"공작 전하, 그자의 행위는 마족의 힘을 불러들이는 주문 같은 것입니다. 놈의 시체가 남아 있지 않은 이유도 그런 거라면 앞뒤가 맞습니다."

"알고 있다."

전쟁 경험이 많은 란데르트 공작은 그런 식으로 적군이 변하는 것을 목격한 적이 몇 번 있었다. 마족에게 영혼을 판 대가로 잠시간의 강함을 체험한다. 그런 동귀어진의 수법까지 써 가며 임무를 완수하고 싶을 만큼 간절했던 건가.

헤이즈를 누를 수 있을 만한 강자였다면 공작이 모를 리가 없었다. 당장 손가락으로 추릴 수 있을 정도로 그 수가 많지 않았다.

"얼굴은 보지 못하였느냐?"

"마지막까지 복면으로 얼굴을 가리고 있었습니다. 시신이라도 남았다면 확인할 수 있었을 터인데, 죄송합니다."

"아니다."

그것이 어찌 헤이즈의 잘못이겠는가. 애초에 그녀보다 강한 고수가 나타난 것 자체가 문제였다.

"몸이 많이 상했군."

겉보기에 헤이즈의 모습은 멀쩡했다. 플랑베르주에 찔린 어깨도, 바닥에 짓이겨진 얼굴도 전부 원래대로 돌아왔다.

하나 속은 아니었다. 아직 체내 마나의 흐름이 원활하지가 못했다. 그것만으로도 그녀가 얼마나 벅찬 상대와 겨루었는지 알 수 있었다. 본래의 상태로 회복되려면 시간이 좀 필요하리라.

"수하들을 제대로 지켜 내지 못했습니다. 모든 것이 저의 불찰입니다."

헤이즈가 굳은 표정으로 공작에게 자신의 죄를 청했다. 금번 황태자의 경호에 차출된 만월 기사단의 수는 그녀와 이언까지 포함해서 총 스물다섯이었다. 그중 다섯 명만이 살아남았다. 임무를 맡은 자로서 헤이즈는 이번 사태에 대해 막중한 책임감을 느꼈다.

"황태자 전하께서 무사하시니 너는 소임을 다한 것이다. 수하들의 죽음은 안타까우나, 그 또한 황태자 전하를 위해 싸우다 그리되었으니 명예로운 죽음이다. 우리가 지금 해야 할 일은 자책이 아니라 배후를 찾아내는 것이다."

전사한 단원들의 시신은 이미 해밀턴으로 돌아갈 채비를 마쳤다. 그곳에서 합동 장례를 치르고 가족들에게는 따로 위로금을 전달할 생각이었다. 그 무엇으로도 위로가 되지는 못하겠지만, 그것이 공작이 해 줄 수 있는 최소한의 도리였다.

"정녕 로이안 황제가 이번 일과 연관이 있는 것일까요?"

캐링스턴이 비상사태인 상황에, 느닷없이 드와이어트 제국의 첩자가 붙잡혔다. 사다드가 예상하던 황태자의 암살 시도 용의자 명단에는 전혀 없던 인물이기에 그는 내심 의아해하는 중이었다.

"얼마 전에 사절단으로 직접 방문까지 해 놓고, 갑자기 이러는 저의가 뭘까요? 저는 도무지 이해가 안 갑니다."

암살에 성공을 했다 쳐도 얻는 것이 없는, 하등 쓸데없는 짓이었다.

또다시 전쟁을 원한다면 모를까. 현 황제의 입지가 탄탄하고 란데르트 공작까지 굳건하게 버티고 있는 이때, 황태자를 죽인다고 해서 제국이 위태로워질 일은 없었다.

"심문을 해 보면 답이 나올 수도 있겠지. 그 전에 할 말이 있다."

란데르트 공작이 수하들을 모은 진짜 이유에 대해 털어놓았다.

“당초 놈들의 목표가 황태자 전하가 아니었던 듯하다.”

“…그게 무슨 뜻입니까?”

“황태자 전하가 아니면, 놈들이 무엇을 노리고 아카데미의 담을 넘었단 말씀이십니까?”

“공작 전하, 설마…….”

이언만이 짐작 가는 게 있는 듯 눈을 부릅떴다. 그날 황태자를 대신해서 바율이 죽었다. 애초에 놈들의 목적이 바율 도련님이었단 말인가?

이언의 생각이 맞는다는 걸 증명이라도 하듯, 란데르트 공작이 입을 열었다.

“바율이다.”

“예에? 바율 도련님이요?”

어리둥절하는 수하들에게 공작이 조금 전 황태자와 로티어스 교수에게 들었던 말을 전해 주었다.

“이언, 네 생각은 어떠냐?”

바율의 심장에 검이 꽂히는 순간, 황태자 다음으로 가까이 있던 게 이언이었다. 거리가 제법 멀었지만, 이언의 시력이라면 충분히 볼 수도 있었다.

“황태자 전하의 말씀이 맞습니다. 바율 도련님과 거의

붙어 있으셨으니 놈의 사정거리에 황태자 전하 또한 들어갔을 겁니다."

이언은 상당히 충격받은 얼굴이었다. 당연히 황태자를 죽이러 왔다고 생각했기에, 그 점에 대해서는 간과하고 있었다. 지금 생각해 보면 로티어스 교수의 지적대로 이상해도 너무 이상한 일이었는데 말이다.

"적들의 대장이 황태자의 목을 끊으라고 소리를 쳤다지?"

"예, 공작 전하. 분명하게 들었습니다."

헤이즈가 고개를 끄덕이며 대답했다. 실제로 황태자를 향해 맹공격을 퍼붓기도 하였다. 물론 그 옆에 바울이 있기는 했다.

"이른바 위장 살인을 계획했다는 것이로군요."

공작이 바울의 얘기를 꺼낸 시점부터 잠잠하던 사다드가 눈빛을 빛내며 입을 열었다.

"만약 이게 사실이라면 로이안 황제가 사절단으로 온 이유도 짐작이 갑니다."

"그래, 눈을 돌리기 위해서였을 거다."

"본인에게 온 관심을 쏠리게 한 후, 그 틈을 이용해 암살자들을 대거 제국으로 들여보낸 듯합니다. 바울 도련님이 목표인 걸 숨기기 위해 황태자 전하를 노리는 척 연기를 한 것일 테고요. 뭐, 그편이 훨씬 자연스럽기도 하니까요."

처음부터 바율을 죽이려 덤볐다면 드와이어트 제국은 의심을 피하기 어렵다. 대륙을 통틀어서 란데르트 공작에게 앙심을 가진 인물로는 로이안 황제가 가장 유명한 탓이다.

십년전쟁의 패전 국가인 데다가 아버지인 바라첼 상황을 불구로 만들었으니, 만일 복수를 하고 싶었다면 바율이 목표가 될 수밖에 없었다. 공작의 유일한 아들이니까.

하지만 아무리 그렇다 한들 너무 무모했다. 속으로야 어떻든지 간에 명목상으론 우호적인 관계를 유지하고 있는 두 국가였다. 갑자기 돌변한 계기가 무엇이었을까.

수하들이 저마다 머리를 끙끙 싸매고 있을 때, 란데르트 공작은 마치 정답을 알려 주듯 덤덤하게 말했다.

"바라첼 상황이 자결했다."

"……!"

공작의 갑작스러운 폭로에 그 사실을 모르고 있던 수하들이 깜짝 놀라며 흠칫 어깨를 떨었다.

"로이안 황제가 장례까지 미루며 죽음을 숨기는 이유가 궁금했는데, 아무래도 이번 일을 실행하기 위해서 그런 것 같다는 생각이 든다. 바라첼 상황의 죽음이 알려지면 대륙의 시선이 쏠리는 건 자명한 일. 거사를 치르기엔 제아무리 대범한 로이안 황제라도 부담스러웠겠지."

"자결한 이유에 대해서는 아십니까?"

공작 대신 사다드가 입을 열었다.

"다들 알다시피 바라첼 상황이 머물던 궁은 자식들의 방문마저 사전 허가를 받아야 할 정도로 경비가 삼엄한 곳입니다. 십년전쟁에서 패한 후 일절 궁 밖으로 나오지 않아서 한때 죽었다는 소문까지 돌았었죠."

하지만 그런 바라첼 상황도 어쩔 수 없이 얼굴을 보여야 할 때가 있었다.

일 년에 딱 한 번.

십년전쟁에 마침표를 찍던 날, 전쟁을 일으킨 주범으로서 회개의 서약에 서명을 해야만 했다. 그에겐 연중 가장 치욕스러운 순간이었겠지만, 대륙인들에겐 되찾은 평화를 상기하며 다시 한번 기뻐하는 날이었다.

"그때마다 시신 서너 구가 바라첼 상황의 궁에서 몰래 빠져나옵니다."

"시신?"

"대부분이 시녀들이지요."

뒤의 말은 듣지 않아도 알 것 같았다. 분노에 미쳐서 날뛰는 바라첼 상황의 분풀이 상대였을 것이다. 그의 난폭함은 아주 오래전부터 알려져 있었다.

"어디까지나 제 추측이지만, 아마도 바라첼 상황의 정신은 갈수록 망가졌을 겁니다. 사지 멀쩡하게 대륙을 호령하던 시절이 그리웠을 테지요. 불구의 신세로 궁에만 갇혀 지내는 게 그의 성정으로는 대단히 참기 어려웠을 것입니다. 종국에 자살이란 결단을 내린 일 역시 아마 그래서가 아니겠습니까?"

아비의 죽음을 슬퍼하는 아들의 마음, 그 자체는 이해가 간다. 하나 금번과 같은 사태는 어떤 이유로든 용납할 수 없는 짓이었다.

"적들의 시신에서 아는 얼굴들은 있던가?"

"아직까지는 찾지 못했습니다."

막판에 자결한 이들까지 전부 끌어모아 확인 작업 중이었다. 하지만 다들 일부러 그런 건지 어쩐 건지 얼굴에 큰 흉터가 있어 알아보기가 힘들었다. 하나에서부터 열까지 매우 철저하고 세심하게 관리하고 키운 암살자라는 뜻이었다.

"단원들의 시신에서 찾은 검의 흔적으로 대상을 추려 보려고도 했으나, 전부 쇼텔에 의해 입은 부상인지라 그것 역시 애매합니다."

"모든 게 정황 증거일 뿐이라는 얘기군."

"더 꼼꼼하게 찾아보도록 하겠습니다."

황태자인 줄 알았던 그들의 목표가 사실은 바율이었다.

물론 똑같이 귀한 목숨이지만, 적어도 만월 기사단에겐 그 차이가 명명백백했다.

바율은 그들이 모시는 주군의 아들이었다. 즉, 적들은 주군을 노린 것이나 진배없다. 십년전쟁이 끝난 이후로 이 같은 도발은 만월 기사단 역사상 처음 겪는 일이었다.

"우선 조금 전에 잡혀 온 자를 심문해 봐야겠군요. 뭐라도 나오지 않겠습니까?"

"내가 직접 하겠다."

절망의 신전은 아카데미가 건립되기 훨씬 이전부터 존재하던 오래된 신전이었다. 지금은 사용하지 않지만, 타락한 사제나 신도, 혹은 범죄자들을 가둬 두던 감옥이 지하에 있었다. 드와이어트 제국의 첩자는 그곳에 갇혀 있었다.

생각에 잠겨 있던 란데르트 공작이 몸을 일으켰다.

"공작 전하!"

그때 별안간 문이 열리며 수하 하나가 급히 달려와 고했다.

"지하 감옥에 있던 자가 자결을 했습니다!"

"뭐라? 자결?"

대체 오늘만 몇 번째 듣는 단어인지 모르겠다. 란데르트 공작의 얼굴에 노기가 어리자 사내가 긴장하며 마저 보고했다.

"갑자기 발작을 일으키며 게거품을 물더니 그대로 절명했습니다. 아무래도 입안 한쪽에 독약을 물고 있었던 것 같습니다. 죄송합니다."

몸수색만 한 것이 화근이었다. 입에 재갈 역시 물렸어야 했는데 뼈아픈 실책이었다.

"그자는 로이안 황제 측에 소식을 전하기 위한 연락책이었을 겁니다. 그래서 위험을 무릅쓰고 도시를 빠져나가려던 것이었겠죠. 딱 보기에도 도망가기는 그른 듯하니 죽음을 선택한 모양입니다."

"그놈이 마지막 남은 실마리였는데……!"

"첩자가 더 있을 것이다. 전부 도주하지는 않았을 터, 캐링스턴을 샅샅이 뒤져서 꼭 찾아내어라!"

죄를 물을 때는 그것을 뒷받침할 증거가 필수였다. 그리고 확실한 증좌만 찾는다면 드와이어트 제국은 구석에 몰린 쥐가 될 것이다.

개인적으로는 전쟁을 싫어하는 공작이지만, 필요하다면 먼저 일으킬 수도 있었다.

그때야말로 드와이어트 제국이 대륙에서 사라지는 날이었다.

3.

아카데미에 난리가 났다. 바율을 살리고 대신 죽었다던 퀸까지 다시 살아났다는 소문이 쫙 퍼진 것이다. 이번에는 정말 말도 안 된다며 부정하던 아이들이 버젓이 기숙사 방으로 들어가는 퀸을 발견하고는 한동안 말을 잇지 못했다.

"…쟤 진짜 퀸 맞냐?"

"난 내 눈을 도저히 믿을 수가 없다……."

"혹시 요즘 죽었다가 다시 살아나는 게 유행인가? 우리도 죽으면 막 부활하는 거 아니야?"

직접 보고서도 믿기지가 않으니 절로 입에서 헛소리가 튀어나왔다.

"란데르트 공작 전하께서 살리신 거 아닐까?"

"뭐?"

"공작 전하께서 오시자마자 살아났잖아. 아들인 바율을 살려 줬으니 얼마나 고맙겠어!"

"헐, 란데르트 공작 전하께 그런 능력도 있단 말이야? 대박! 장난 아니다!"

명성도 명성이지만, 오십이 넘은 나이로 이십 대의 젊음을 유지하고 있는 란데르트 공작은 학생들에겐 그야말로 선망의 대상이었다.

워낙에 신비한 점이 많은 공작이니 몇몇은 죽은 자도 살려 낼 수 있는 능력을 지녔다고 진심으로 믿기도 했다.

"나도 저기에 끼고 싶다."

퀸은 혼자가 아니었다. 늘 보던 대로 룸메이트인 바율과 친구 에이단, 일라이, 로건도 함께였다. 소식을 듣고 달려온 슈빅이 따라 들어가려고 했지만, 문 앞에서 제지되었다.

"아 씨, 왜 못 들어가게 하는 건데!"

"못 들었어? 퀸 옷 갈아입는다잖아! 며칠간 같은 옷만 입고 있었으니 얼마나 꿉꿉하겠냐?"

"너희는? 그럼 너희도 들어가지 말아야지!"

"우리가 너랑 같냐?"

"와, 자기들끼리는 더 친하다 이거지?"

"알았으면 비키셔!"

쾅!

에이단이 '훠이, 훠이!' 하더니 번개같이 방문을 닫았다.

"어우, 저 거머리 같은 자식! 한동안 또 들들 볶아 대겠네."

신전에서 기숙사로 걸어오는 중간 어디쯤에서 갑자기 나타난 슈빅이 이것저것 쉴 새 없이 물어보는 통에 에이단뿐 아니라 다들 귀가 아플 지경이었다.

슈빅은 바울이 돌아왔을 때도 그랬지만, 다시 살아난 퀸을 처음 보고도 엉엉 울어 댔다.

“그래도 자식이 의리는 좀 있다니까.”

다만 눈물의 시간이 아주 짧다는 게 흠이었다. 이후로는 되살아난 방법을 알아내기 위해 찰싹 달라붙어 질문 공세를 퍼부었다.

“이럴 줄 알았으면 그냥 신전에서 죽치고 있을 걸 그랬나?”

“바그너 사제님의 사무실을 언제까지 차지하고 있을 순 없잖아.”

“그건 그래. 기숙사가 편하기도 하고. 이제야 좀 살맛이 나는구먼!”

에이단이 두 팔을 뻗어 기지개를 쭉 켜더니 바울의 침대로 뛰어들었다. 바울이 그 모습을 의자에 앉아 웃으면서 바라봤다.

“저기, 바울…….”

“응, 로건. 왜?”

퀸은 옷장을 열어 새 옷을 꺼내고 있었고, 에이단과 일라이는 낄낄대며 같이 침대를 뒹굴었다.

모든 게 사고가 나기 전 그대로였다.

아버지도 아카데미에 와 계신다.

이보다 더 완벽할 수 있을까?

험한 일을 겪은 직후지만, 바율은 진심으로 행복하다고 느꼈다. 다시는 이 행복을 깨고 싶지 않다. 이대로만 지내면 뭐든 할 수 있을 것 같았다.

"너한테 꼭 해야 할 말이……."

"야, 퀸! 다시 태어난 기분은 어떠냐? 이참에 대양의 눈, 그거 네가 꿀꺽 먹는 거냐?"

로건이 용기 내 입을 연 순간, 일라이가 상체를 벌떡 일으키며 퀸에게 소리쳤다. 녀석의 목소리가 어찌나 큰지 로건의 음성이 잘 들리지 않았다.

"로건, 뭐라고? 라이 때문에 못 들었는데 다시 말해 줄래?"

"다시 돌려 달라는 말 없으면 그냥 네가 가져! 원래 인어국 거라며!"

이번에는 에이단이었다. 소리 크게 내기 경쟁이라도 하듯 녀석이 일라이보다도 크게 외쳤다.

"너희들 때문에 귀청 떨어지겠다. 나 귀 예민한 거 몰라? 작게 좀 말하지?"

옷을 갈아입던 퀸이 인상을 찡그리며 신경질을 부렸다. 로건이 이상한 기색에 에이단과 일라이를 쳐다보자 둘이 약속이라도 한 듯 고개를 가로저었다.

'나중에.'

'지금은 아니야.'

모두가 다시 건강하게 만나 기쁜 이때, 굳이 분위기를 망칠 필요는 없었다. 분명 언젠가 해야 할 말이긴 하지만, 적어도 그게 지금은 아니었다.

'어휴, 저 눈치 없는 놈!'

'좀 시간을 둬!'

바율과 퀸이 눈치채지 못하도록 표정과 눈빛으로만 신호를 보내느라 에이단과 일라이는 정녕 필사적이었다. 입은 입대로 따로 놀리느라 더 힘들었다.

"대양의 눈을 찾는 게 본래 네 목적이었다며! 이제 그걸로 뭐할 건데?"

"바로 인어국으로 돌아갈 건 아니지?"

"입학을 했으면 졸업이라는 것도 해야지. 자퇴하면 안 된다!"

"자퇴는 무슨."

퀸이 새 옷으로 산뜻하게 갈아입고는 친구들에게로 다가왔다. 그런 그의 오른쪽 두 번째 손가락에는 전과 달리 반지 세 개가 끼워져 있었다.

"내가 이걸로 뭘 할 거냐고?"

세 개가 모여 비로소 완전한 하나가 되었다. 녀석들은 모르는 것 같지만, 퀸은 대양의 눈에서 흘러나오는 엄청난 기운을 느낄 수 있었다.

그 힘이 퀸의 전신을 기분 좋게 휘감았다. 그래선지 몸도 날아갈 듯 가벼웠다. 이런 충만함은 인어국에서도 느껴 본 적이 없었다.

“일단은 이노센트와 제대로 인사를 나눠 볼까?”

“이노센트?”

“여기 이노센트가 있어?”

“라이, 넌 드래곤이라면서 정령도 못 보냐?”

기실 이노센트는 아까부터 바율 곁을 맴돌고 있었다. 지은 죄가 있어서 차마 가까이 오지는 못하고 눈치를 살피는 중이랄까. 물론 그런 와중에도 반성의 기미는 전혀 보이지 않았다.

“이제야 말하는데, 나는 불! 그 꼬맹이는 물! 상성이 맞겠냐?”

“어라? 그러고 보니 그러네. 그래서 이노센트가 너 싫어하는 거였어?”

“나도 싫거든!”

“내가 더 싫다! 메롱!”

싫다는 일라이의 말에 구석에 있던 이노센트가 단숨에 훅 날아왔다. 갑작스레 눈앞에 녀석이 나타나자 일라이가 깜짝 놀란 듯 뒤로 후다닥 몸을 뺐다.

"이노센트! 너 또!"

이전에는 모습을 보일 때 허락이라도 구했는데, 어느 순간부터는 나타나는 게 아주 자기 마음대로였다.

"아까도 그래! 아버지도 계신데 그렇게 물벼락을 뿌리면 어떡해? 내가 다시는 그러지 말라고 했지?"

"바율은 내가 중급 정령이 된 게 안 기뻐?"

"…뭐?"

"기분이 좋아서 그랬어. 지금도 신나서 자랑하고 싶은 거 얼마나 참는 중인데! 바율은 내 맘도 모르고!"

화낼 사람이 누구인데, 갑자기 이노센트가 팩 토라졌다. 어이없게도 녀석의 커다란 눈망울에선 당장이라도 닭똥 같은 눈물이 뚝뚝 떨어질 것만 같았다.

졸지에 가해자(?)가 되어 버린 바율은 할 말을 잃고 입만 벙긋거렸다.

"이노센트, 내가 놀아 줄까?"

"퀸……."

퀸의 다정한 음성에 이노센트가 울먹거리며 쪼르르 날아갔다. 물로 통하는 게 있는 둘은 안 그래도 처음부터 사이가 좋았지만, 지금은 이노센트가 중급으로 올라서고, 퀸은 대양의 눈을 얻어서인지 더욱 돈독해진 느낌이었다.

"중급 정령 된 거 축하해."

이노센트가 고맙다는 듯 말없이 고개를 끄덕였다. 그것이 꼭 바율에게는 '역시 퀸밖에 없어' 라고 말하는 것처럼 보였다.

"어우, 저 물 여우!"

일라이가 속지 말라며 바율에게 다가왔다.

"일부러 기죽은 척하는 거야. 말리면 안 돼."

"그건 잘 모르겠지만, 그래도 축하는 해 줘야 하지 않을까? 저 녀석 성격상 좋아서 방방 뛰다가 그런 거겠지."

에이단이 은근슬쩍 이노센트의 편을 들었다. 당황한 바율은 미처 보지 못했지만, 그 순간 잠시 잠깐 이노센트의 입가가 실룩거렸다.

'내가 좀 심했나?'

먼저 중급 정령이 된 스피넬을 항상 부러워하던 녀석이었다. 그래서 중급 정령이 된 지금 얼마나 좋을지 당연히 바율도 알고 있었다.

하지만 다른 사람도 아니고 아버지에게 물벼락을 뿌린 건 다시 생각해도 녀석이 너무했다.

"이노센트."

바율이 부르자 이노센트가 촉촉해진 눈을 들어 응시했다. 기분 탓일까. 왠지 녀석이 한층 더 물과 가까워진 것 같았다.

원래도 그 자체로 물이기는 했지만, 농도가 더욱 깊어졌다고 해야 할까? 뭐라 설명할 순 없지만, 확실히 변하긴 변했다.

"이번만이야."

"……?"

"또 그러면 안 된다고. 그땐 정말로 크게 화낼지 몰라."

"응, 바율! 이젠 안 그럴게!"

대답은 잘한다. 생각해 보면 그건 전에도 늘 그랬다.

"그리고 중급 정령 된 거, 진심으로 축하해."

"이노센트, 나도 축하해! 잉그리드가 보면 좋아하겠다!"

"꺄악, 잉그리드! 나도 잉그리드한테 어서 보여 주고 싶어!"

역시나 시무룩한 건 이노센트와 어울리지 않았다. 금세 기뻐서 방방 날뛰는 녀석을 보고 있으려니 바율은 피식 미소가 지어졌다.

부모가 되면 이런 마음으로 자식을 키우는 건가?

결혼은커녕 아직 이성 친구도 제대로 사귀어 본 적 없으면서 바율은 문득 그런 생각이 들었다.

"성장을 했으면 좀 얌전해지는 게 있어야지, 쯧쯧!"

일라이가 정신 사납게 하지 말라며 소리쳤지만, 지금 이노센트의 귀에는 아무것도 들리지 않았다. 바율이 화를 풀었으니 더 이상 거칠 것이 없었다. 허공에 다양한 모양의 물풍선들이 생겼다 사라지기를 반복했다. 방 안이 물에 잠기지 않는 것이 다행이라면 다행이었다.

"근데 다른 정령들은 어디 있어? 다들 잘 있지?"

"아직 회복 중이야. 점점 좋아지고 있기는 한데, 시간이 좀 필요할 것 같아."

다시 살아난 후로 여유가 없어 잘 살피지는 못했지만, 정령들과 계속 소통하려 노력 중이었다. 하나 괴한과의 전투로 심각한 부상을 입은 녀석들은 정령석 근처에서 연일 잠만 자고 있었다.

이번에 정령들이 다치면서 처음으로 통증을 함께 느꼈다. 많이 아팠을 텐데도 녀석들은 자신을 위해 피하지 않고 괴한에 맞서 싸웠다. 바율은 그 사실이 고마운 한편 미안하기도 했다.

"그나저나 이노센트는 어쩌다가 중급 정령이 된 거지? 스피넬처럼 귀걸이가 생긴 것도 아니잖아."

"그러게. 혹시 대양의 눈 때문인가?"

"대양의 눈?"

"같은 물의 기운이잖아. 퀸을 살리고 남은 힘으로 각성한 거 아닐까?"

"야, 꼬맹이! 너 신전에는 갑자기 왜 나타난 거냐?"

다른 정령들처럼 이노센트도 전투에서 큰 타격을 받았다. 물의 정원에서 쉬던 녀석이 신전에는 어쩌다가 온 것인지 일라이가 소리쳐 물었다.

"불러서 온 건데?"

"불렀다고? 누가?"

"몰라, 나도."

"뭔 소리야? 모른다니?"

"그냥 여기서 소리가 났어. 날 부르는 소리가."

이노센트가 바율에게로 날아와 손가락으로 펜던트를 가리켰다.

"…이 목걸이에서 널 부르는 소리가 났다고?"

"응! 나보고 깨어날 때가 왔다나 뭐라나? 엄청 달콤하고 부드러운 목소리였어."

펜던트가 말을 걸었다?

바율은 혼란에 휩싸였다. 대양의 눈처럼 목걸이 역시 어머니의 유품이었다.

설마 이것도 태고의 신물인 걸까?

"참! 기억의 조각! 이노센트, 뭐 새롭게 생각나는 거 없어?"

경황이 없어 깜박했다. 스피넬은 중급 정령으로 올라서

며 많은 이야기를 해 주었다. 이노센트도 분명 그런 게 있을 것이다. 이왕이면 스피넬에게서 듣지 못한 다른 이야기였으면 좋겠다.

"그런 거 없는데?"

"없다고……?"

"응!"

하지만 녀석은 본인의 이름 뜻처럼 너무나 천진했다. 바율의 기대감이 와르르 무너졌다는 것을 아는지 모르는지, 이노센트가 방긋 웃는 얼굴로 다시 한번 그렇다며 못을 박았다.

Chapter 4.
저녁 식사 초대

1.

주말도 아닌데 캐링스턴의 저택이 많은 사람들로 북적였다. 아카데미는 며칠간의 회의 끝에 한 달간 휴교에 들어가기로 결정했다. 전투 중에 파손된 시설도 복구해야 하지만, 무엇보다 교직원들과 학생들이 받은 정신적 충격이 상당했기 때문이다.

제대로 된 일상으로 돌아가기 위해선 모두에게 충분히 안정을 취할 시간이 필요했다. 정해진 교과 과정을 이수하려면 수업 일수가 부족해진다는 반대 의견이 있었지만, 겨울 방학 기간을 대폭 줄이는 것으로 해결점을 찾았다.

황태자를 지키다 죽어 간 기사들을 위한 애도의 물결이

아카데미를 시작으로 캐링스턴 도시를 거쳐 대륙의 곳곳에 퍼져 나갔다.

"아버지, 황태자 전하께선 언제쯤 환궁하게 되시나요?"

오랜만에 바율과 공작이 나란히 소파에 앉았다. 저녁을 먹기에는 이른 시간인 데다가 손님을 기다려야 해서 먼저 가벼운 티타임을 갖던 중이었다. 그들 곁에는 바율과 공작의 수행 기사인 이언과 사다드, 그리고 데스가 함께였다.

"아무래도 신전은 많이 불편하실 것 같은데, 여기 저택으로 모시는 게 낫지 않을까요?"

"이 좁은 곳에 말이냐?"

아들의 걱정에 란데르트 공작이 웃으며 되묻자 사다드가 대신 설명했다.

"린데만 황태자 전하를 지키는 기사의 수만 이 백이 넘습니다. 그 모두를 수용하려면 여기보다는 신전이 훨씬 적합하지요. 마침 신전의 규모가 커서 얼마나 다행인지 모릅니다."

"얼마든지 마음껏 쓰도록 허락하지."

남은 차를 한꺼번에 입에 털어 넣으며 데스가 한마디 했다. 그에 사다드가 이상하다는 듯 잠시 그를 쳐다보았지만, 이내 관심을 거두었다.

데스의 진짜 정체를 모르는 사다드는 남들처럼 데스를

바율의 비밀 호위 기사로 알고 있었다. 심지어 수행 기사인 자신에게까지 비밀로 했다며 공작에게 살짝 삐친 상태이기도 했다.

"아, 제가 미처 그 생각을 못 했네요. 오늘 황도에서 기사단이 도착했다는 사실을 깜박했습니다."

린데만 황태자의 환궁을 위해 황실에서 어마어마한 규모의 호위대를 보내왔다. 일반 병사까지 합치면 그 수가 무려 오백 이상이었다.

이 제국에서 황제 다음으로 귀한 신분이었다. 황태자의 생명이 무사하다는 것에 바율은 다시 한번 깊은 안도감을 느꼈다.

"린데만 황태자 전하는 금번 사건의 조사가 끝나는 대로 아비가 직접 황궁으로 모시고 갈 것이다. 그때 너도 함께 가자꾸나."

죽었다가 살아난 아들이었다. 혼자 두자니 또 무슨 일이 생길까 싶어 공작은 불안했다.

"네, 아버지. 바로 해밀턴으로 떠나게 될 줄 알았는데, 며칠 걸리겠네요."

"집에 빨리 가고 싶은 것이냐?"

"아니요, 꼭 그런 건 아닙니다. 그냥 재스퍼는 어쩌고 있나 문득 생각이 나서요."

자식들을 키운다고 한창 바쁘게 지내고 있는 재스퍼였지만, 그걸 알 리 없는 바율은 내심 걱정이었다. 큰일을 겪고 나서인지 녀석이 무척 보고 싶기도 했다.

"참, 그러고 보니 도련님께선 모르시겠군요?"

"……?"

"공작 전하께서 재스퍼가 낳은 새끼들에게 직접 이름을 붙여 주셨습니다. 뭔지 아십니까?"

"아버지께서 직접 이름을 지어 주셨다고요?"

바율이 해야 했을 일이었다. 방학 동안 천천히 생각하며 지어 줄 요량이었는데, 에이단의 편지를 받고 급히 오느라 미처 챙기질 못했다.

"웃지 마십시오. 시트린, 로즈, 스모키, 크리스탈. 일명 보석 사인방으로 불리고 있습니다."

"시트린, 로즈, 스…… 뭐라고요?"

빠르게 지나간 이름들이 바율에게는 다소 생소했다.

"전부 보석 이름들입니다. 시트린, 로즈, 스모키, 크리스탈. 아비와 어미의 이름이 보석이니 자식들도 그에 맞춰야 한다면서 공작 전하께서 직! 접! 작명하셨습니다."

"아……."

처음엔 이름들이 왜 그런가 싶었는데, 설명을 들으니 조금 이해가 간다. 그래도 아버지께서 그런 이름들을 직접 지으셨다는 건 의외였다. 보석 같은 것에는 일절 관심이 없으시다는 걸 알기 때문이다.

"잘 어울리지 않느냐?"

란데르트 공작이 뭔가 기대하는 눈빛으로 아들을 바라보았다. 자식이 부모에게 칭찬받길 원하듯, 부모 역시 마찬가지였다.

천하의 란데르트 공작이 이런 모습을 하는 걸 알면 세상 사람들이 어떤 표정을 지을까?

주군을 앞에 두고 사다드와 이언은 비슷한 심정으로 눈빛을 주고받았다.

"네, 좋아요! 이름이 처음 듣기에는 좀 어렵긴 하지만 말하다 보니 괜찮은 것 같아요. 보석 사인방이라니, 어서들 보고 싶네요. 많이 컸겠죠?"

강아지들이 자라는 속도는 인간과는 천지 차이였다. 재스퍼를 새끼 때부터 키워 본 경험으로 미루어 볼 때 이 정도 시기라면 아마 덩치가 서너 배는 더 커졌을 것이다. 녀석들을 전부 데리고 뒷산으로 산책하면 꽤 시끌벅적하고 요란스러운 하루가 될 것 같았다.

"찻물 보충해 드릴게요!"

보석 사인방에 관한 이야기가 무르익어 갈 즈음, 주방에서 바쁘게 요리 중이던 리타가 주전자를 들고 나타났다. 갑작스러운 손님 초대로 몸이 열 개라도 부족할 만큼 정신이 없는 리타였지만, 바율과 공작이 식은 차를 마시게 둘 수는 없었다.

다시 살아난 도련님을 더욱 완벽하게 보필하겠다는 그녀만의 다부진 포부이자 각오가 담긴 행동이기도 했다.

"마침 잘 왔네."

누구보다 데스가 리타를 반기며 그녀를 향해 빈 찻잔을 내밀었다.

"이거 무슨 차야? 오늘 처음 마셔 보는데 맛이 엄청 좋은데? 앞으로는 나도 이걸로 마실게."

평소에는 차에 관심도 없었건만, 입안에 쌉싸름한 맛이 맴도는 게 식전차로 아주 그만이었다.

"미쳤어요? 이게 얼마짜리인데!"

하인 주제에 언감생심 바랄 걸 바라야지.

리타는 기가 막히다 못해 코까지 막힐 지경이었다.

"비싼 거야?"

"당연하죠! 이건 영주님과 도련님을 위한 특별한 차라고요! 내가 이거 구한다고 시장 바닥을 얼마나 돌아다녔는데, 나 참!"

여기에 앉아 있다고 본인이 대단한 사람이라도 된 것 같은가 보죠?

데스가 내민 팔을 툭 쳐 내며 리타가 보란 듯이 공작과 바율의 잔에 차를 따랐다.

공작과 바율, 이언의 시선이 허공에서 부딪쳤다. 데스가 마족인 것을 리타가 모르고 있다는 걸 아는 그들이지만, 이럴 때마다 어떻게 대응해야 할지 아직도 난감했다.

행여 데스가 마족의 본색(?)을 드러내며 리타를 해코지하면 어쩌나 싶은 생각이 들기도 했다.

그러나 그것은 괜한 기우였다. 여전히 데스는 고양이 앞의 쥐처럼 얌전하게 굴고 있었다.

아직 데스 형제들을 향한 리타의 화가 완전히 풀리지 않은 상태였다. 데스는 그간의 경험을 통해, 이럴 때 괜히 잘못 건드리면 더 큰 화를 불러일으킬 수 있음을 매우 잘 알고 있었다.

'저녁 식사를 앞에 두고 실수를 해선 안 되지.'

그러다가 밥을 먹지 못하는 사태가 오기라도 한다면 그거야말로 데스에게는 재앙이었다.

"근데 데스 씨는 언제까지 여기에 이러고 있을 건가요? 위층 청소는 다 했어요? 곧 있으면 손님들 오실 시간인데, 너무 나태한 것 아닌가요?"

"청소는 아까 오자마자 끝냈지. 먼지 한 톨 없이 완벽하게 마무리했는걸?"

"…그래요?"

"응, 그리고 나 할 일 없이 앉아 있는 거 아니야. 나한테 물어볼 게 있다고 해서 있는 거지. 안 그런가요, 란데르트 공작님?"

데스는 좀 도와 달라는 뜻으로 말한 것이었다. 저녁 식사를 안전하게 확보하기 위한 나름의 대책이랄까.

그런 그의 속을 아는지 어쩐지 공작이 그렇다며 고개를 끄덕거렸다.

'나한테는 아무 말씀도 안 물어보셨으면서…….'

리타가 괜한 서운함에 입술을 삐죽였지만, 다들 데스에게 신경을 쓰느라 미처 본 사람이 없었다.

"그럼 전 다시 요리하러 가 볼게요."

얄밉다는 듯 데스를 힐긋 노려보고는 리타가 서둘러 주방으로 돌아갔다. 그녀가 나가자마자 데스가 기다렸다는 듯 재빨리 주전자를 들고 찻물을 부었다.

"흐음, 역시 맛있어."

눈을 감으며 음미하는 모습이 진심으로 감탄하는 것 같았다. 식탐이 강해 먹는 것에 집착한다는 말을 듣기는 했지만, 듣는 것과 보는 것에는 많은 차이가 따랐다. 지금만큼은 데스가 마족이라는 것이 좀처럼 실감 나지 않았다.

"말이 나온 김에 하나만 묻지."

사실 란데르트 공작은 진즉에 묻고 싶은 게 있었다. 어떻게 말을 꺼내야 할지 고심 중이었는데, 얘기가 나왔으니 이 참에 물어보기로 했다.

"바율의 심장을 찌르고 잿가루가 되어 사라진 자. 혹시 누구인지 알고 있는가?"

"질문이 너무 늦군. 난 왜 안 물어보나 했지."

"이보게, 데스 경! 당신 지금……!"

데스의 건방진 말투에 사다드가 황당하다는 듯 격분하며 일어섰다. 미치지 않고서야 이럴 수는 없었다.

"괜찮으니 두어라."

"하지만 공작 전하, 어찌 이런 무례한 자를 그냥 두고 볼 수 있단 말입니까? 감히 여기가 어느 안전이라고……!"

거칠게 항변하던 사다드가 불현듯 이상함을 느낀 것은 그때였다. 바로 코앞에서 무엄한 짓을 벌이고 있는 상대를 두고 오로지 자신 혼자만 놀라고 있던 것이다. 공작과 바율, 심지어 이언까지 조금도 화난 기색이 아니었다.

"…이자, 누구입니까?"

단순한 비밀 호위 기사가 아니었다. 뭔가 있었다.

"내가 답해도 될까?"

데스가 잘 들으라는 듯 사다드를 똑바로 마주하며 자신을 소개했다.

"조금 전 네가 말했던 신전. 그 신전의 주인이 나야."

"신전의 주인……?"

"해밀턴에선 전쟁의 신을 믿는다지? 그 녀석이 내 따까리라고 하면 설명이 되려나?"

"그게 무슨……?"

사다드는 상대가 뭐라고 하는지 도무지 하나도 이해가 가지 않았다. 만월 기사단에서 가장 똑똑한 인재로 손꼽히는 그이거늘, 지금 당최 무슨 뜻인지 전혀 모르겠다.

"그자를 보았나?"

혼란스러워하는 사다드를 제쳐 두고 공작이 재차 물었다.

"그냥 보기만 했을까. 경고도 날렸었지. 물론 그게 안 먹힌 것 같긴 하지만."

"경고요?"

바율은 처음 듣는 얘기였다. 그에 놀란 표정을 짓자 데스가 해명했다.

"야시장에 갔던 날, 놈이 우리를 따라왔었거든."

"아, 그때!"

살기를 느끼고 주변을 살폈지만, 수상한 자를 발견하지 못했었다. 이언은 보고하지 않았던 그 날의 상황에 대해 공작에게 짤막하게 고했다.

"놈의 얼굴을 아직 기억하고 있나?"

"보고 싶나?"

데스에겐 그다지 어려운 일도 아니었다. 그가 손가락을 튕기자 공중에 검은 연기가 뭉게뭉게 피어났다. 그것은 곧 커다란 형태로 바뀌었는데, 사람의 얼굴이었다.

"공작 전하, 이자는……!"

뭐가 어떻게 된 건지는 모르겠다만, 얼굴의 주인을 제일 먼저 알아본 건 사다드였다. 그가 경악하며 이름을 외쳤다.

"반다인!"

로이안 황제의 최측근이자 자결한 바라첼 상황의 대자.

란데르트 공작이 인정한 드와이어트 제국 최고의 고수.

"헤이즈가 패한 이유를 알겠군."

상대는 바라첼 상황의 전성기 시절 무력과 비슷할 정도로 대단한 무위의 소유자였다. 헤이즈 혼자서는 절대 이길 수 없었을 것이다. 공작을 제외하면 이언만이 그와 대등하게 겨룰 수 있었다. 이언의 발을 묶은 것은 적이지만 아주 탁월한 선택이었다.

"역시 드와이어트 제국의 짓이었단 말입니까?"

"환궁을 서둘러야겠다."

이로써 모든 것이 확실해졌다. 십년전쟁의 진정한 마침표를 찍을 때가 온 것이다.

차갑게 가라앉은 란데르트 공작의 눈동자엔 어느 때보다 굳은 결의가 서려 있었다.

2.

"바율, 잘 들어라."

공작은 바율에게 애초에 암살 대상자가 황태자가 아닌 그였음을 침착하게 설명했다. 꿈에도 짐작조차 못 했던 얘기에 바율은 크게 놀랐지만, 아버지가 곁에 있어선지 별로 두려운 마음은 들지 않았다.

오히려 십년전쟁을 일으킨 주범이 아버지의 복수를 하고자 자신을 죽이려 했다는 것에 어이가 없었다.

"저도 이자를 본 적이 있습니다."

"네가 반다인을 보았다고?"

"네, 그가 로이안 황제의 사람인 줄은 몰랐지만요."

죽었다 살아난 여파로 정신이 없어 그간 까맣게 잊고 있었다. 죽기 전 복면인과의 마지막 대결에서 마족과의 계약을 이행하는 그를 보고 스피넬이 먼저 알아봤었다.

아버지가 그를 찾고 있었다는 걸 진즉에 알았다면 더 빨리 떠올렸을 텐데, 이렇게 얼굴을 보고서야 기억을 해냈다.

“너에게 호위를 더 붙여야겠다.”

“저도 그래야 한다고 생각합니다.”

이언이 동의했다. 언제 또 그가 자리를 비우는 상황이 발생할지 몰랐다. 혹시 모를 잔당이 있을 수 있으니 만반의 대비를 하는 것이 옳았다.

“저는 괜찮습니다. 아버지가 함께 계시잖아요.”

“난 출정을 가게 될 것이다.”

“…출정이요?”

“너를 해치려 한 것은 나에 대한 명백한 도전이자, 제국에 반기를 드는 행위이다. 확실한 증거를 더 찾아내는 대로 드와이어트 제국으로 갈 것이다.”

피할 수 없는 싸움이었다. 십년전쟁은 대륙의 수많은 목숨을 앗아 간 피의 전투였다.

하지만 이번은 다를 것이다. 무려 십 년을 전쟁터에서 살았다. 속전속결이 무엇인지 이참에 제대로 보여 줄 작정이었다.

“저도 가겠습니다!”

“…뭐?”

바율의 갑작스러운 선언에 사다드에게 무언가 지시를 내리려던 공작이 그대로 굳은 채 아들을 향해 돌아섰다. 그는 솔직히 자신이 잘못 들었다고 생각했다.

"저도 아버지와 함께 가겠습니다. 허락해 주십시오!"

"바율, 아비는 놀러 가는 게 아니다. 전쟁을 하러 가는 것이지."

"도련님께서 가실 만한 곳이 못 됩니다."

이언도 놀랐는지 강하게 반대했다.

"제가 전장에 나서겠다는 얘기가 아닙니다. 제국을 위해 싸우시는 아버지의 모습을 제 눈으로 직접 보고 싶어서 그래요. 이제 제 몸 하나 지킬 정도는 되는 거 아시잖아요. 마침 아카데미도 휴교한 상태이니 그 시간만큼은 아버지와 함께하고 싶습니다."

바율이 원래 이렇게 말을 잘했던가?

마치 미리 준비라도 한 듯 막힘없이 척척 대답하는 아들의 모습에 공작은 순간 대꾸할 말을 잃었다.

"전쟁은 도련님께서 알고 계신 것보다 훨씬 더 참혹합니다. 드와이어트 제국이 아무리 패전국이라고는 하나, 여전히 막강한 군사력을 지니고 있습니다. 절대 그런 곳으로 도련님을 보낼 수 없습니다!"

다행히 이언은 말문이 막히지 않았다. 그가 말도 안 된다며 다시 한번 반대의 뜻을 밝혔다.

"바율이 다치는 걸 걱정하는 거라면, 내가 지켜 줄 수 있는데."

네 번째 찻물을 쪼르르 따르며 데스가 심드렁하니 끼어들었다. 그가 있다면 누구도 바율을 해칠 수 없을 것이다. 든든한 조력자의 등장에 바율이 고맙다는 말을 하려는 찰나, 기다렸던 이들이 도착했다.

“이 얘기는 나중에 다시 하자꾸나.”

이번처럼 손님이 반가운 적은 없었던 것 같다. 바율을 설득할 수 있는 적당한 핑계를 속히 찾아내기로 다짐하며, 공작이 친히 일어나 손님을 맞으러 현관으로 향했다.

“바율!”

오늘 저택의 저녁 식사에 초대된 손님은 총 다섯이었다. 바율의 친구들과 이사장인 라예가르까지. 바율과 퀸이 살아난 것을 공식적으로 축하하는 자리였다.

“야, 듣고 놀라지 마! 이 자식 몇 살인지 알아?”

얼마나 마음이 급했으면 에이단이 인사도 잊은 채 소리를 지르며 들어왔다.

“글쎄, 우리보다 무려 160살이나 많단다! 160살! 완전 초초초 할아버지 아니냐?”

“아 씨, 내가 어디를 봐서 할아버지야? 드래곤 수명으로 따지면 난 아직 어린애거든! 500살까지는 전부 해츨링으로 취급한다니까!”

“미안하지만 난 인간이라서 말이지. 와아! 160이라

니…… 16을 더하면 176이야. 공작 전하보다도 세 배는 더 늙은 거야!"

"그 입 안 닥칠래? 그만 좀 하라고!"

에이단에게 버럭 화를 내면서 일라이의 눈은 라에가르를 째려보고 있었다. 보아하니 에이단이 녀석의 나이에 대해 물어본 걸 라에가르가 답해 준 모양이었다.

"그러고 보니 데스는 몇 살이에요? 마족도 드래곤처럼 엄청 오래 사는 거 맞죠?"

에이단의 호기심이 마중 나온 데스에게로 훅 옮겨갔다.

퀸도 마차를 타고 오면서 데스가 마족이라는 것을 전해 들었다. 그래선지 그는 데스에게서 눈을 떼지 못하고 있었다. 마족의 존재가 인어족인 퀸에게도 신기하기는 한 듯했다.

"이사장님과 맞먹는 거 보면 꽤 많을 것 같은데, 혹시 막 천 살 넘었어요?"

에이단이 상상할 수 있는 나이의 범주는 그리 넓지 않았다. 그것이 귀여워 보였는지 데스가 피식 웃으며 손가락으로 위를 가리켰다.

"조금 더 써 봐."

"헐! 이천?"

데스가 고개를 가로저었다.

"삼천? 사천? 설마 칠천?"

녀석의 벌어진 턱이 가슴까지 내려갈 기세였다. 데스가 연신 고개를 젓고 있으니 이걸 믿어야 할지 말아야 할지 헷갈릴 지경이었다.

"사실 까먹었어."

"예에에?"

갑자기 허무해진 데스의 답변에 에이단이 와락 인상을 찌푸렸다.

"태어났으면 죽을 때까지 그냥 사는 거야. 마계에서 나이를 세는 건 의미 없는 짓이거든."

"그래도 어떻게 사람이, 아니, 마족이 자기 나이도 몰라요? 그건 좀 이상한데요? 그렇지 않냐, 애들아?"

"에이단."

바율의 말이 신호라도 된 듯 퀸과 로건이 동시에 녀석의 양팔을 붙들었다.

"뭐야, 왜들 이래?"

"시끄러워서 그러지, 왜 그러겠냐? 네가 오자마자 좀 떠들었어? 내가 진즉에 닥치라고 했지!"

일라이가 에이단의 멱살을 잡고는 친구들과 합심에서 녀석을 어디론가 질질 끌고 갔다. 잠시 가둬 두고 진지한 대화를 좀 해 봐야 할 것 같았다.

"아버지, 죄송해요. 에이단이 가끔 흥분하면 눈에 보이는 게 없어서……."

초대한 친구가 아버지께 인사도 없이 무례를 범했으니 바율이 아버지를 뵐 면목이 없었다.

그러나 공작은 그저 웃을 뿐이었다. 바율이 워낙에 조신한 편이다 보니 가끔은 이런 것도 보는 재미가 있었다.

"공작 전하, 이게 다 무슨 말입니까?"

손님을 맞으러 나왔다가 이상한 말만 엄청나게 듣고 말았다.

"드래곤이며 마족이니, 이게 다 뭐죠?"

사다드는 아까부터 자신만 무언가 모르고 있다는 느낌을 받았다. 하지만 너무 말도 안 되는 말들이다 보니 쉽게 대상과 연결 짓지 못했다.

"이언."

"네, 제가 알아듣게 얘기하고 오겠습니다."

이번에는 사다드의 차례였다. 이언이 따라오라며 사다드를 자신의 방으로 데려갔다.

"이제야 좀 조용해졌군."

소란의 원인 제공자인 라예가르가 싱긋 웃으며 두 부자를 마주 보았다.

대양의 눈으로 퀸을 살려 준 것에 대한 감사함을 보답하고자 그를 초대했다. 자신이 괜한 짓을 한 것은 아닌가 하는 생각이 잠시 바율을 혼돈케 했지만, 주인으로서 일단은 그를 반갑게 맞는 것이 예의였다.

"어서 오세요, 이사장님. 와 주셔서 감사합니다."

란데르트 공작도 아들에 이어 라예가르에게 가볍게 목례했다.

"자꾸 보네?"

"한동안은 피차 어쩔 수 없을 것 같으니 모른 척 넘어가자고."

원래 드래곤과 마족은 같은 공간에 함께 있을 수 없는 존재들이었다. 그런 그들이 바율로 인해 만남을 반복하고 있다. 원로원에서 이 같은 사실을 알면 라예가르를 꽤 골치 아프게 할 것이다. 최대한 간결하고 조용하게 지나가야만 했다.

"저녁 식사가 차려지려면 조금 시간이 더 걸릴 것 같은데, 먼저 차부터 좀 드시겠어요?"

리타 혼자 요리를 하다 보니 아무래도 시간이 부족했다. 바율은 식전차를 권하며 응접실로 라예가르를 안내했다.

"아담하군."

저택을 대충 둘러본 라예가르의 첫 소감이었다. 이만하면 캐링스턴에서도 큰 축에 속하는 건물인데, 드래곤인 그의 기준에는 한참을 못 미치는 듯했다.

"저, 이사장님께 여쭤보고 싶은 게 있었습니다."

"나한테?"

"네, 혹시 이 목걸이에 대해서도 알고 계신가요?"

이노센트가 한 말이 머릿속에서 떠나질 않았다. 이전이라면 궁금한 것에 대해 조금이라도 더 알아내기 위해 친구들과 도서관을 뒤지고 있었겠지만, 지금은 물어볼 수 있는 이가 있었다. 라에가르라면 왠지 펜던트에 관해서도 알고 있을 것만 같은 느낌이었다.

"그게 태고의 신물인지 알고 싶은 거지?"

"네, 대양의 눈과 마찬가지로 이것도 어머니께서 남기신 유품입니다."

"바율, 그게 무슨 소리냐?"

공작은 금시초문이었다. 바율의 목걸이까지 태고의 신물이라면 아내는 정녕 인간이 아닐지도 몰랐다. 평범한 인간이 태고의 신물을 두 개나 갖고 있을 수는 없으리라.

바율은 이노센트가 들었다던 말을 공작에게 서둘러 얘기했다.

"펜던트가 말을 걸었다고?"

"네, 그래서 펜던트에도 어떤 비밀이 숨겨져 있는 건지 궁금해졌어요."

란데르트 공작도 궁금해졌다.

설마 저 속에 아내가 갇혀 있는 것은 아닐까?

누군가의 목소리가 들렸다고 하니 순간 그런 말도 안 되는 상상까지 들었다.

"태고의 신물은 본다고 알 수 있는 게 아니다. 직접 만져봐야 알 수 있지."

라예가르가 바율에게 손을 내밀었다. 단 한 번도 풀어 본 적 없는 목걸이였다. 하지만 지금은 주저할 틈이 없다.

바율이 난생처음 목에서 펜던트를 풀어 라예가르에게 건넸다.

라예가르의 긴 손가락에 목걸이가 대롱대롱 걸렸다. 항시 고개를 숙인 채로만 보았던 물건을 이런 식으로 대면하자 바율은 묘한 기분에 휩싸였다.

그때, 라예가르의 손끝에서 금색 빛이 새어 나오기 시작했다. 이질적이나 묵직한 힘 같은 게 빛으로부터 전해졌다. 금색 빛이 펜던트를 감싸자 잠시 후 점점 밝기가 줄어들었다.

펜던트 속으로 빛이 흡수가 된 건지, 그냥 사라진 건지 바율로서는 알 수가 없었다. 그저 긴장한 채 라예가르의 행동을 지켜볼 뿐이었다.

그렇게 얼마나 지났을까.

완전히 빛이 사그라지고 난 후, 어째선지 라예가르가 고개를 갸웃거렸다.

"설마 이제 와서 모르겠다고 말하려는 건 아니지?"

잘난 척을 그리해 대더니 역시나 별 볼 일 없다는 듯 데스가 입꼬리를 올렸다. 그걸 비웃기라도 하듯 라예가르가 말했다.

"태고의 신물이 맞다."

"저, 정말요?"

바율과 공작이 서로를 돌아보았다. 이건 전혀 생각지도 못했던 상황이었다.

"근데 그게 다가 아니다."

"…네?"

"이 목걸이는 태고의 신물이기도 하지만, 또 다른 장치가 숨겨져 있다."

"장치요?"

"그래, 희미하게 뭔가가 느껴지거든. 근데 그게 뭔지는 나도 잘 모르겠구나. 아마도 그건 펜던트의 주인인 네가 알아봐야 할 것 같은데?"

"제가요……?"

라예가르에게서 목걸이를 다시 건네받았다. 펜던트를 목에 걸자 그제야 목에서 느껴지던 허전함이 사라졌다.

"뭐, 정령왕들의 힘을 각성하면 쉽게 풀릴 수도 있겠지."

"역시 정령과 연관이 있다는 것이로군요?"

라예가르는 무어라 더 대답하지 않았다. 그걸 알아내는 건 온전히 바율의 몫이기 때문이다.

'내가 짐작하는 게 맞는다면…….'

공작의 아내, 그러니까 바율의 어머니는 죽지 않았다.

3.

드디어 식당에 식사가 차려졌다. 바르와 아몬이 리타를 도와 열심히 음식을 날랐다.

바르는 달랑 하나 있는 팔로 접시 서너 개를 거뜬하게 들었고, 아몬은 보이지도 않는 눈으로 테이블 세팅에 열을 올렸다. 스스로 미적 감각이 탁월하다고 믿는 아몬은 테이블 매트며 식기의 방향, 꽃병과 촛대의 위치까지 무척 꼼꼼하게 살폈다.

일견 평범한 하인 같은 행동들이었지만, 오늘 모인 사람 중 리타를 뺀 모두가 바르와 아몬의 진짜 정체를 알고 있었다. 마계 서열 10위, 11위의 시중을 받으며 저녁을 먹게 생긴 것이다.

바율에게는 그래도 나름 익숙한 일상이었지만, 다른 사람들은 아니었다. 특히 방금 막 라에가르와 일라이가 드래곤이라는 사실까지 알아 버린 사다드는 식사를 해야 할지 말아야 할지 번민에 시달릴 정도였다. 과연 소화가 제대로 되려는지 그 점도 걱정이었다.

"휴우, 겨우 완성했네요. 드시다가 부족하거나 필요하신 게 있으면 언제든지 말씀해 주세요!"

부지런히 움직인 걸 증명이라도 하듯 리타의 이마에 송골송골 땀이 맺혀 있었다. 힘은 들었지만 잘 차려진 음식들을 보니 그래도 마음은 뿌듯했다.

"리타, 너도 앉아서 같이 먹자."

"그러려무나."

혼자서 이렇게나 애를 썼는데 식사하는 시간까지 수발만 들게 할 순 없었다. 바율과 공작이 빈자리를 가리키며 리타에게 어서 앉으라고 권했다.

"아니에요. 주방에 할 일이 얼마나 많은데요. 저는 이따가 끝나고 먹을게요. 지금 배도 별로 안 고파요."

간을 보느라고 조금씩 먹다 보니 어느새 밥을 먹은 것처럼 배가 빵빵했다. 게다가 요리하느라 어질러진 주방을 다 치우려면 지금부터 시작해도 시간이 부족했다.

"바르와 아몬은?"

"바르와 아몬도 저랑 같이해야 할 일이 있답니다. 그렇죠, 두 분?"

일행이 보기에 바르와 아몬은 당장이라도 식사에 합류하고 싶은 기색이었다. 하나 리타의 눈웃음 뒤에 감추어진 마성을 둘은 알고 있었다. 그들이 힘없이 고개를 끄덕이며 리타를 따라 조용히 물러났다.

"따지고 보면 데스도 같은 하인인데 왜 가만히 두는 거냐?"

자리에 앉던 에이단이 이상했는지 바율에게 속닥거리며 물었다. 그에 바율도 소리를 낮춰 작게 대답했다.

"주방에서는 있으나 마나거든. 그리고 데스는 청소 담당이야."

데스가 주방에만 들어가면 그만 좀 처먹으라는 리타의 고성이 저택에 울려 퍼진다는 말까지는 굳이 하지 않았다. 사실 데스는 이런 식사 자리에 있는 것보다 주방에서 막 요리한 음식을 손으로 집어 먹는 걸 더 좋아하는 편이었다. 그러다 리타에게 손등을 얻어맞기가 일쑤였지만.

"아하, 그렇군."

"너희 하는 말, 다 들리거든? 여기서 그렇게 작게 말한다고 못 들을 만한 사람 아무도 없는 거 모르냐?"

"할아버지가 귀도 밝으셔."

"저게 또!"

일라이가 주먹을 휘둘렀지만, 다행인지 불행인지 둘 사이에는 넓은 식탁이 공간을 차지하고 있었다.

"내가 이래서 나이 공개 안 하려고 했던 건데!"

이게 다 당신 때문이잖아!

녀석의 가늘어진 눈초리가 라예가르에게로 향했지만, 당사자는 짐짓 모른 척 냅킨을 가지런히 무릎 위에 펼치며 식사 준비를 마쳤다.

"리타가 정성껏 마련한 음식이니 다들 맛있게 먹었으면 좋겠군."

저택의 주인인 란데르트 공작이 가장 먼저 스푼을 들었다. 그것을 시작으로 각자 한마디씩 늘어놓으며 본격적인 식사를 시작했다.

"잘 먹겠습니다!"

"초대해 주셔서 감사합니다!"

"기다리느라 진 빠져 죽는 줄 알았네."

당연하다면 당연한 경우였지만 그중에서도 데스는 단연 발군이었다. 음식들이 입으로 들어가는 속도가 어찌나 빠른지, 그의 앞에만 빈 접시가 줄을 이었다.

"바르!"

데스가 이름을 부르면 바르가 쏜살같이 달려와 접시를

치우고 새로운 요리를 내왔다. 사람들은 몰랐지만, 그 시각 아몬은 주방에서 맹렬히 설거지에 임하고 있었다.

"듣던 대로 먹성이 장난 아니시네요. 누가 쫓아오는 것도 아닌데 천천히 좀 드시죠. 그러다 체하겠습니다."

에이단은 내심 걱정이 돼서 하는 말이었다. 내용물을 씹는 건지 마시는 건지 분간이 안 갈 정도였다.

"다행히 여태 그런 적 없으니까 걱정하지 않아도 돼."

바율도 한때 염려하던 부분이었다. 그러나 데스는 절대 체하는 법이 없었다. 지금도 특별히 빠른 게 아니고, 그저 평상시 속도였다.

"웬만하면 먹을 때는 말 시키지 않는 게 나을 거야. 별로 안 좋아하거든."

데스가 가장 기분이 좋으면서도 예민해지는 순간이 식사 시간이었다. 리타를 제외하면 누구도 그를 건드려서는 안 되었다.

"그래서 대꾸도 안 하는 거구나."

에이단이 질렸다는 듯 고개를 설레설레 저었다.

"퀸, 이거 더 먹을래?"

바율이 잘 바른 생선을 퀸의 접시에 직접 올려 주었다. 그러자 에이단과 일라이가 동시에 '나는? 나는 왜 안 줘?' 하며 채근하는 바람에 바율의 손이 바쁘게 돌아갔다.

"가만 보면 은근 퀸이랑 차별한단 말이야."

"룸메이트라고 따로 챙기는 거냐?"

"그게 아니라, 나 때문에 고생했잖아. 그래서 그렇지."

대양의 눈이 없었더라면 바율은 아마 지금도 죄책감에 빠져 허우적거리고 있었을 것이다. 평생에 걸쳐도 다 갚지 못할 은혜를 입은 셈이었다.

"안 그래도 그에 관해서 할 말이 있었다."

친구들 간에 오가는 대화를 흐뭇한 눈길로 바라보던 란데르트 공작이 퀸에게 물었다.

"혹시 원하는 것이라거나, 내 도움이 필요한 일이 있느냐? 있다면 뭐든 얘기해 보거라. 바율을 살려 준 보답을 하고 싶다."

"해야 할 일을 했을 뿐입니다. 말씀만으로도 감사합니다."

"아니다. 혹 지금 딱히 생각나는 것이 없다면 나중에 바율을 통해 천천히 말해도 괜찮다. 어렵게 생각 말고 편하게 얘기해 주면 좋겠구나."

"보답은 제가 받을 게 아니라 두 분께 제가 드려야지요."

퀸이 나이프와 포크를 내려놓으며 공작과 라예가르에게 고개를 숙여 정식으로 감사를 표했다.

"대양의 눈을 내주신 덕분에 살았습니다. 두 분께 진심으로 감사드립니다."

"아내의 유품이긴 하나, 나에겐 그저 반지일 뿐이었다. 스스로 목숨까지 버린 너와는 비교할 수가 없지."

"나 역시 원래 인어국의 것을 돌려주었을 뿐이니 부담 가질 필요 없어."

"그래서 그때 미리 고맙다고 말할 필요가 없다고 말씀하셨던 겁니까?"

"그때라니? 언제?"

친구들의 물음에 퀸은 바율이 축제 날 체스 경기에서 작년 우승자인 라이건 선배를 꺾었을 때, 라예가르가 자신에게만 특별히 했던 말에 대해 이야기해 주었다.

"퀸, 너에게 바율을 지키라고 말했다고? 이자가?"

"답례라는 건 대양의 눈으로 널 살려 주겠다는 뜻이었던 거네?"

"응, 그때는 몰랐지만."

"와, 드래곤은 미래도 볼 수 있구나! 완전 멋지다!"

에이단은 새삼 감탄했다. 가끔 철없이 굴어서 그렇지, 이제 보니 라예가르는 못하는 게 없었다. 확실히 드래곤은 드래곤이었다.

"죽을 때가 다가오면 중요한 것들이 보이곤 하지. 참고로 모든 드래곤이 다 그런 건 아니고, 나처럼 능력 있는 드래곤만이 가능하다는 걸 꼭 알았으면 좋겠군."

라예가르가 긴 머리칼을 과장되게 뒤로 넘기며 한껏 거만한 태도를 취했다. 때문에 그가 '죽을 때가 다가오면' 이라고 전제로 깔았던 말은 다들 흘려들었다. 일라이만이 수심에 찬 눈빛으로 라예가르를 잠시 돌아보았다.

"이사장님, 감사합니다."

꼭 그의 말이 아니었어도 퀸은 바율을 살리기 위해 기꺼이 자신의 목숨을 버렸을 터였다. 그러고도 남을 녀석이었으니까.

하지만 그렇다고 해서 라예가르에게 고맙지 않은 것은 아니었다. 그때부터 자신을 염려하던 그의 마음에 바율은 늦게라도 감사함을 전하고 싶었다.

"그렇게 고마워할 것 없어. 네가 죽으면 이 대륙이 멸망할 것 같아서 그랬으니까."

"…멸망이요?"

갑자기 예상치도 못한 무시무시한 단어가 튀어나오자 다들 깜짝 놀랐다.

"정령의 부재로 온 나라가 엉망인 거, 다들 알고 있는 거 아니었어?"

"아, 그 뜻이었습니까?"

"이언 선배, 정령은 또 뭡니까?"

대화 분위기로 보아 엄청 중요한 것 같은데, 이번에도 자신만 모르는 것 같아 사다드의 표정이 일그러졌다.

하지만 이언도 모르기는 마찬가지였다. 정령에 관한 건 바율이 공작과 단둘이 있을 때 털어놓았기 때문이다.

"바율, 네가 설명해 주거라."

앞으로 이런 상황이 얼마나 더 자주 생겨날지 란데르트 공작은 아직 감도 오지 않았다.

자연을 조율하는 정령.

그런 정령을 부리는 정령사가 된 아들.

처음엔 그저 얼떨떨하기만 했던 란데르트 공작은 이제 걱정이 앞섰다.

제국뿐 아니라 대륙의 전 국가가 끊이지 않고 이어지는 자연재해로 크나큰 피해를 받고 있었다. 그런 때에 그 재해를 막을 수 있는 정령사가 나타났으니, 대륙의 이목이 바율에게 쏠릴 것은 너무나 자명한 일이었다.

축복받은 능력이긴 하나, 행여 그것으로 인해 바율이 위험에 처하는 일이 발생하지는 않을까 하는 우려가 공작의 머릿속을 떠나질 않았다.

"…그게 정녕 사실입니까, 도련님?"

드래곤이랑 마족과 함께 밥을 먹고 있는 마당에 놀랄 일이 뭐가 더 있을까 생각하던 참이었다.

하지만 단언컨대 사다드와 이언은 그 어느 때보다 지금

가장 놀란 얼굴이었다. 자연을 제어한다는 건 그들의 주군인 란데르트 공작도, 마법의 정점에 올라섰다는 드래곤도, 마기를 자유자재로 다루는 마족도 할 수 없는 일이었기 때문이다.

사람이 그런 걸 할 수 있을 거라고는 단 한 번도 생각해 본 적이 없었다. 바율이 하는 말이니 믿는 것이지, 다른 데서 들었다면 미친 소리라고 응수하고도 남았다.

"하면 해밀턴의 비도 멈추게 하실 수가 있으신 겁니까?"

"이노센트가 중급 정령이 되었으니 가능할 것 같아요."

거기에 다른 정령들의 힘까지 합치면 충분히 할 수 있을 것이다.

"다른 건요?"

"네?"

"아직 말씀 안 하신 거 있으면 지금 전부 말씀해 주십시오. 더 이상 혼자만 모른 채 있고 싶지 않습니다."

오늘 여러 가지 충격이 연달아 그를 덮쳤다. 자꾸만 엄청난 것들이 터져 나오는 통에 사다드는 좀처럼 정신을 차릴 수가 없었다. 심정이야 이언도 비슷했지만, 그나마 다른 점이라면 그는 애써 침착함을 유지하고 있다는 것 정도였다.

"이제 더는 없으니 안심해라."

"정말로 없는 게 확실한가요?"

"날 믿지 못하는 것이냐?"

"수행 기사인 저를 속이신 건 공작 전하이십니다."

"속이다니. 고작 며칠 먼저 알았을 뿐이다."

공작이 진실을 말하는데도 사다드는 어째 믿지 못하는 눈치였다. 일은 제일 많이 시키면서 어떻게 이럴 수 있느냐는 무언의 반항이었다.

"그래도 일은 좀 줄었네요."

사다드가 구시렁거리며 수첩을 꺼내 뭔가를 적었다. 명을 잊지 않기 위해 기사 작위를 받기 이전부터 실천해 온 오래된 습관이었다.

"일단은 이사장님을 감시하기 위해 고용했던 체이서들을 전부 해체하겠습니다. 절망의 신전 내력 보고 또한 안 해도 되겠지요?"

"궁금한 게 있으면 나한테 물어봐도 돼."

식사를 시작하고 데스가 처음으로 입을 열었다. 이제 슬슬 배가 불러 오는 게, 천천히 먹어도 될 것 같았다. 그런 그의 옆에는 빈 접시가 탑이 되어 쌓여 있었다.

"바르!"

주방에서 몰래 빵을 뜯고 있던 바르가 데스의 부름에 득달같이 달려와서 접시를 치우고, 헐레벌떡 새로운 음식을 가져왔다.

분명 오늘의 식사는 바율와 퀸을 위한 것이었는데, 혜택은 데스가 가장 많이 보고 있었다. 리타가 이 사실을 알면 또 한바탕 난리를 칠 텐데, 데스가 과연 그걸 감당할 수 있을지 바율은 서서히 걱정이 들기 시작했다.

드와이어트 제국과의 전쟁을 앞두고 평화로운 저녁 식사 시간이 그렇게 무르익어 가고 있었다.

Chapter 5.

전쟁의 서막

1.

린데만 황태자의 환궁 날짜가 정해졌다.

출발은 내일 오전 11시.

란데르트 공작이 직접 지휘한다고는 하나, 대규모의 병력 이동이었다. 세간의 주목이 쏠릴 것은 너무나 당연한 일. 해서 만일을 대비하고자 아직은 공작의 최측근들만이 아는 기밀 사항이었다. 황궁의 병사들과 호위대 측에는 내일 아침 일찍 출발 시각을 알려 줄 예정이었다.

똑똑.

"들어오세요."

린데만 황태자가 머물고 있는 신전의 주교실을 찾은 건

헤이즈였다. 그녀가 문을 열고 들어와 황태자에게 깍듯이 예를 올렸다.

"황태자 전하, 부르셨습니까."

"이리 와서 앉으세요."

황태자의 자리에서 가장 잘 보이는 위치로 그녀를 안내했다. 그에 헤이즈가 약간 긴장한 기색으로 황태자의 맞은편에 둔부를 붙이고 앉았다.

"들으셨겠지만, 환궁 날짜가 잡혔습니다. 이대로 황궁에 가면 얼굴 볼 날이 없을 것 같아서 실례를 무릅썼습니다."

린데만 황태자가 미소를 지으며 헤이즈를 똑바로 바라보았다. 그의 정직한 시선을 마주보기가 왠지 껄끄러웠지만, 헤이즈는 기사답게 어깨를 펴려고 노력했다.

"우리 이렇게 보는 거 오랜만이죠?"

"저는 지금도 만월 기사단을 대표하여 황태자 전하를 보필하고 있습니다. 분명 오늘 아침에도 뵈었는데요."

"그렇게 멀리서 말고요. 오래 기억할 수 있도록 가까이에서 보고 싶었거든요."

암살 시도 사건 후로 이렇게 단둘이 있는 것은 처음이었다. 마음 같아선 하루에도 몇 번씩 그녀를 보고 싶었지만, 상황이 여의치가 않아 그러질 못했다.

황태자의 뜨거운 눈길에 헤이즈의 뺨이 불그스름하게 변

했다. 축제 때와 달리 오늘의 황태자는 굉장히 저돌적이었다.

"몸은 이제 괜찮은 겁니까?"

그녀가 자신을 위해 반다인과 맞서 싸우던 장면을 황태자는 똑똑히 기억하고 있었다. 검에 어깨를 찔린 상태에서도 자신을 위해 몸을 내던지던 헤이즈의 모습은 그에게 깊은 인상을 남겼다.

"내상은 아직 남아 있지만, 거의 완치되었습니다. 걱정해 주셔서 감사합니다."

"나야말로 이렇게 멀쩡하게 살아 있어 줘서 고맙습니다. 한순간에 첫사랑을 잃는 줄 알고 가슴이 조마조마했었거든요."

"…저는 그저 해야 할 일을 했을 뿐입니다."

"정말 단지 일이기 때문이었습니까?"

"네?"

"오롯이 내가 황태자이기 때문에 그랬던 거냐고요."

"그거야 당연히……."

헤이즈는 어째선지 말을 잇지 못했다. 그녀는 황태자를 지키라는 명을 받고 차출된 만월 기사단이었다. 기사로서 마땅히 해야 할 일을 한 것이다.

그런데 왜 입술이 떨어지지를 않는 걸까.

본인이 생각해도 당황스럽기 짝이 없었다.

"이번에 환궁하게 되면 아바마마께 말씀드릴 생각입니다."

"……?"

"안 그래도 저만 보면 혼인을 하라 성화인 분이시니, 돌아가면 마음에 품은 여인이 있다고 솔직하게 말할까 합니다."

"황태자 전하! 설마 폐하께 제 얘기를 하시겠다는 말씀입니까?"

황태자의 파격 선언에 헤이즈는 머리가 다 어지러웠다.

"헤이즈 경이 의식을 잃고 쓰러졌을 때, 비로소 깨달았습니다. 사람이 바보 같아서 잃고 나면 알게 되는 것들이 있다고 하지 않습니까? 헤이즈, 내게는 당신이 있어야 합니다."

"하오나, 황태자 전하……."

"그대가 죽을지도 모른다고 생각하자, 내게 그것보다 무서운 일은 없을 거란 걸 알았습니다. 그대에게 내가 지금 너무 성급하게 행동하는 것처럼 보일 수 있다는 거 압니다. 하지만 이 말을 하지 않고서는 환궁할 수가 없었습니다."

"한때 지나가는 마음이실 겁니다. 그러니 그런 말씀은 부디 거두어 주십시오."

이건 안 될 말이었다. 어떻게 자신과 황태자가 이어질 수 있단 말인가?

그가 인간적으로 좋은 사람이라는 것은 인정한다. 충분히 매력적인 남자였다.

하지만 그는 헤이즈가 바랄 수도, 바라서도 안 되는 상대였다.

"아바마마께선 그렇게 꽉 막히신 분이 아닙니다. 헤이즈 경이 뭘 걱정하는지 잘 압니다. 그래도 시도는 해 봐야 하지 않겠습니까? 그러려면 그대의 허락이 내게는 꼭 필요합니다."

남녀 간의 일은 황태자라는 자리에 있다고 해서 멋대로 결정할 수 있는 문제가 아니었다. 상대가 싫다고 하면 우선은 물러나야 한다. 사람의 마음은 억지로 강요해서 얻어지는 게 아니라는 걸 그는 이미 알 만한 나이였다.

"…황태자 전하께선 진실로 그게 가능하다고 생각하십니까?"

상대는 무려 다음 대 황위를 이을 사람이었다. 하나 헤이즈는 가난한 산골 출신이었고, 그나마 내세울 거라고는 만월 기사단 소속이라는 게 전부였다.

신분의 차이부터가 너무나 극명하다. 절대 이루어질 수 없었다.

"날 믿어 주십시오. 내가 느낀 것처럼 그대도 나에 대한 마음이 전혀 없는 게 아니라면, 기다리겠다고만 말씀해 주세요. 제가 원하는 답은 딱 그것 하나뿐입니다."

"하지만……."

"아직 축제는 끝나지 않았습니다. 제게 축제가 끝날 때까지 기회를 주시기로 한 거 벌써 잊으셨습니까?"

중간에 사고가 나 제대로 된 끝을 맺지는 못했지만, 축제는 이미 끝이 난 거나 마찬가지였다. 이건 그냥 황태자의 억지였다.

"나나 헤이즈 경이나 큰일을 겪었습니다. 한 번만 봐주면 안 됩니까?"

급기야 황태자가 애걸하다시피 헤이즈를 졸랐다. 평소의 그녀였더라면 단호하게 거절하고도 남았을 것이다.

그런데 왜인지 그게 잘 안 된다.

어쩌면 처음부터 스스로도 알고 있었는지도 모르겠다. 그녀 역시 황태자에게 마음을 주고 있었다는 걸. 신분의 한계로 그걸 표현하지 못했을 뿐이지, 그녀의 속에도 어느새 황태자가 크게 자리를 잡은 모양이었다.

사실 헤이즈는 거의 평생을 검만 수련한 기사인지라 적과 싸우는 것 말고는 모든 면에서 서툴렀다.

행여 자신의 욕심으로 주군과 만월 기사단에게 피해가

가는 것은 아닐까?

황제가 허락을 한다고 해도 도당의 대신들은 과연 가만히 있을까?

당장 떠오르는 것만 해도 걱정거리가 수십 가지는 되었다. 그럼에도 헤이즈가 그것들을 뒤로하고 황태자에게 물었다.

"…황태자 전하께 여쭤보겠습니다. 저를 향한 그 마음, 정녕 변하지 않을 자신이 있으십니까?"

"물론입니다. 처음으로 여인을 보고 멋지다고 생각했습니다. 장담하건대 제 눈에 헤이즈 경보다 완벽한 여성은 나타나지 않을 겁니다."

"그럼 저에게도 한 가지 약조를 해 주십시오."

"네! 말씀하세요!"

헤이즈가 긍정적인 반응을 보이자 린데만 황태자가 서둘렀다. 그녀의 마음을 얻을 수만 있다면 뭐든 못하겠는가.

"폐하의 반대가 강경하시면 뜻을 꺾어 주십시오."

"……!"

"폐하께 미움을 사면서까지 베르가라에 들어갈 수는 없습니다. 부디 저의 주군과 동료들도 헤아려 주십시오."

"그런 거라면 염려 놓으십시오. 아바마마께선 분명 헤이즈 경을 마음에 들어 하실 겁니다. 그렇게 되도록 설득할 자신도 있고요."

린데만 황태자라고 덜컥 사고를 치려는 것은 아니었다. 그도 나름대로 생각해 둔 전략이 있었다.

"용기 내 줘서 감사합니다. 헤이즈 경에게 이 결정이 얼마나 어려운 일이었을지 잘 알거든요. 지금 너무 기뻐서 환호성이라도 지르고 싶은데, 그건 황태자로서 체통을 지켜야 하니 참기로 하고. 아쉬운 대로 이건 어떻습니까?"

"……?"

별안간 린데만 황태자가 벌떡 일어나더니 뜬금없이 헤이즈의 옆으로 걸어왔다.

"한 번만 안아 봐도 되겠습니까?"

헤이즈는 기사치고 아담한 체구의 소유자였다. 그래선지 안 그래도 훤칠한 키의 황태자가 평소보다도 더 커 보였다.

"오늘이 캐링스턴에서 보내는 마지막 밤인 게 아쉽네요."

"저도 전하와 함께 환궁에 동참할 겁니다."

"제 바로 곁에서 호위해 주실 수 있습니까?"

헤이즈를 내려다보는 린데만 황태자는 벌써 세상을 다 가진 듯 행복해 보였다.

"그건 공작 전하의 지시에 따라야 합니다. 단독 행동을 할 수 없는 점 이해해 주십시오."

"계속 이렇게 보고만 있기가 너무 힘드네요."

"…네?"

"무례를 용서하십시오."

그간 참고 있던 욕망이 한꺼번에 폭발하듯 올라왔다. 황태자가 어리둥절하는 헤이즈를 그대로 품 안에 끌어당겼다.

"……!"

수백 명의 사내와 연무장에서 함께 뒹굴고 싸우며 십수 년을 지낸 헤이즈이지만, 이런 건 처음이었다.

건장한 사내의 가슴에 안기는 느낌이 이런 것이구나!

심장이 미친 듯이 뛰는 것과 별개로 기분이 몹시 좋았다. 이제껏 느껴 본 적 없는 짜릿함이 동반되며 이상하게도 몸에서 스르륵 힘이 빠졌다. 그 덕에 아담한 그녀의 체구가 황태자의 품으로 더욱 쏙 안겨 들어갔다.

손도 잡기 전에 포옹부터 나눈 사이가 되다니. 동료들에게 소문나면 얼굴을 들고 다니기 힘들어진다. 이건 꼭 비밀에 부쳐야 했다.

"황태자 전하, 바울 도련님께서 오셨습니다."

그때 바깥에서 바울의 도착을 알리는 소리가 들려왔다. 황태자와 헤이즈가 누가 먼저랄 것 없이 후다닥 서로에게서 떨어졌다.

"큼큼, 들라 하라!"

즉시 문이 열리고 바율이 안으로 들어와서는 황태자에게 예를 올렸다.

"…이런, 헤이즈 경께서도 함께 계셨군요. 몰랐습니다. 밖에서 그냥 들어가도 된다고 하기에."

'망할 자식들.'

속에서는 절로 욕이 튀어나왔지만, 황태자는 표정 관리에 도가 튼 자였다.

"어서 와. 가기 전에 잠시 얼굴이라도 보고 가려고 불렀어."

"헤이즈 경과 용무가 있으신 듯하니, 나중에 다시 올까요?"

실내의 공기가 열기로 가득했다. 분명 열린 창문으로 선선한 가을바람이 들어오고 있거늘, 무슨 조화인지 바율로선 의아할 따름이었다.

"근데 안이 좀 덥네요? 두 분은 괜찮으신 겁니까?"

린데만 황태자와 헤이즈 경의 뺨에 홍조가 피어 있었다. 차가운 물이라도 내오라고 사람을 시켜야 할지 바율이 고민에 휩싸인 순간, 헤이즈가 고개를 숙인 채 그를 지나쳤다.

"지금 막 볼일을 마쳤습니다. 두 분 얘기 나누십시오."

그리곤 마치 도망이라도 치듯 쏜살같이 밖으로 빠져나갔다. 연인과의 첫 포옹에 부끄러워하는 것이었지만, 불행히도 바율은 태어나서 연애라고는 한 번도 해 보지 못한 모태

솔로였다.

멀어지는 헤이즈의 뒷모습을 아쉬운 듯 바라보던 린데만 황태자가 바율을 소파로 안내했다.

2.

"란데르트 공작님에게 들었어. 넌 해밀턴으로 돌아간다지?"

"네, 아버지를 설득하는 데 실패했거든요."

바율의 본래 계획은 아버지와 함께 황태자 전하를 모시고 환궁한 다음, 그곳에서 바로 출정에 합류하는 것이었다.

처음 그 말씀을 드렸을 땐 강하게 의사 표현을 하면 들어주실 것 같았는데, 결국엔 아버지의 철벽 방어를 뚫지 못했다.

고작 열여섯 살짜리를, 그것도 공작가의 유일한 후계자를 전장에 데려가는 건 절대 있을 수 없는 일이라고 못 박으신 것이다.

데스가 호의를 베풀어 바율의 안전을 책임져 주겠다는 말까지 했지만, 아버지는 마족이 끼어들 일이 아니라며 단박에 거절하셨다.

"아무래도 큰일을 치른 지 얼마 되지 않았으니 그런 결정을 하긴 힘드셨겠지. 바율, 그건 네가 이해해야 해."

"알고 있습니다. 이게 다 저를 걱정해서 그러신다는 걸 제가 왜 모르겠어요. 그냥 좀 아쉬워서 그렇지요."

"전쟁터는 그 무엇도 장담할 수 없는 위험천만한 곳이야. 물론 나도 직접 경험해 본 적은 없지만, 그 전반적인 것들에 대해서는 지겹도록 배웠거든."

제왕학에서 절대 빠질 수 없는 항목인 '전략과 전술'을 제대로 발휘할 수 있는 지도자가 된다면, 그것들은 린데만 황태자에게 큰 힘이 되어 주리라.

주로 과거의 전투를 통해 해당 과목을 공부하다 보니 어릴 때부터 전장의 참담함에 대해 많은 간접 경험을 하게 되었다.

바율이 서운해하는 심정은 십분 이해하지만, 그는 란데르트 공작의 결정이 마땅하다고 여겼다.

"그나저나, 네가 나와 같이 가지 못한다니 아쉽게 됐네. 아바마마께서 널 보시면 많이 기뻐하실 게 틀림없거든. 언젠가 네가 아바마마를 뵙게 되면, 내 목숨을 살려 준 은인이니 분명 그에 합당한 포상을 내리실 거야. 그러면 거절하지 말고 받아 줘."

"전에도 말씀드렸지만 해야 할 일을 했을 뿐입니다. 더욱이 황태자 전하를 살짝 밀쳤을 뿐, 그런 걸 받기에 제가 한 일은 너무 소소합니다. 죽어 간 기사단에게 모든 공로를 돌려 주십시오."

"그건 당연히 그렇게 할 거야. 내가 해 줄 수 있는 거라곤 고작 그런 게 다라서 미안할 뿐이지."

"전사한 분들의 가족을 직접 찾아가서 위로해 주시는 것도 좋을 듯합니다. 황태자 전하께서 그리하신다면 유족들에게 큰 힘이 되지 않겠습니까? 그리고 로티어스 교수님께서 함께 가신다고 하셨으니, 돌아가시는 길이 그리 적적하지는 않으실 겁니다."

아카데미의 휴교로 한가해진 건 비단 학생들만이 아니었다. 교수진들 또한 여름 방학이 끝난 지 얼마 되지도 않아 또다시 이른 방학을 맞이하게 되었다.

졸지에 할 일이 없어진 로티어스 교수는 조카를 보호하겠다는 명분으로 환궁 일행에 합류했다.

"적적하지 않다 뿐이겠어? 내 숙부지만 가끔은 지나칠 정도로 말씀이 많으시거든. 어쩔 땐 막 도망가고 싶기도 하다니까?"

생각만으로도 진절머리가 난다는 듯 린데만 황태자가 고개를 내저었다. 하지만 그의 눈빛만큼은 반가운 기색이 또렷했다. 황궁에서 내내 그리워만 하던 숙부와 한동안 같이 지내게 되었으니 기쁘지 않으면 그게 더 이상할 것이다.

'나도 아버지와 함께 지내면 좋았을 텐데…….'

어쩔 수 없는 미련이 바율의 발목을 붙잡았다.

"그보다 난 그들이 바율, 너를 노렸다는 게 믿어지지가 않아! 난 당연히 나일 거라 생각하고 흉수를 추리는 중이었는데, 어떻게 거기서 갑자기 로이안 황제가 나왔는지!"

황태자는 데스와 라예가르의 진짜 정체를 제외한 일련의 사건 정황에 대해 상세하게 보고를 받은 상태였다.

자신을 직접 죽이려 했던 자가 로이안 황제의 죽마고우인 반다인이란 말을 들었을 땐 한동안 말을 잃었다.

불과 얼마 전, 황제의 결혼식을 축하하기 위해 사절단으로 참석한 그들과 웃으며 대화를 나누기까지 했다. 정치라는 것이 대개 그렇듯 어제의 친구가 오늘의 적이 된다는 말이 있기는 하지만, 전혀 예측하지 못한 상대였기에 그 충격이 더욱 컸다.

돌아가는 상황을 보니 이미 전쟁은 피할 수 없는 수순이었다. 다만 그러기 위해서는 아카데미에서 있었던 사건이 드와이어트 제국이 한 짓임을 명명백백하게 밝혀내야 폴스카 제국 측에서도 명분이 선다.

캐링스턴에 잠입해 있던 로이안 황제의 첩자를 몇 명 잡아들였다는 소식은 들었지만, 그걸로 충분할지는 아직 미지수였다. 행여나 도당에서 증거 부족을 빌미로 이번 전쟁을 반대하기라도 하면 황궁의 분위기는 말도 못하게 살벌해질 것이다. 그럴 일이 없기만을 바랄 뿐이었다.

"아버지의 복수를 위해 저를 죽이려 했습니다. 그것만 보아도 그들은 전혀 반성하고 있지 않아요."

대륙에 그토록 많은 피를 흘리게 해 놓고도 나아진 점이 없었다. 바율은 그 사실이 제일 분통했다.

"그들이 반성했을 거라는 생각은 아무도 하지 않았을걸?"

"네?"

"바율 네가 너무 순진한 거야. 반성이 가능한 자들이었다면 애초에 전쟁을 일으키지도 않았을 거거든. 언제고 일어날 일이 조금 빨리 생긴 거라고 생각해."

"황태자 전하의 말씀은, 그들이 언젠가는 다시 전쟁을 일으켰을 거라는 뜻입니까?"

"그럼. 대륙을 일통하고 말겠다는 야심. 로이안 황제는 그 야심을 절대 버릴 수 있는 인간이 아니야. 그리고 그런 야심가는 대륙에 로이안 황제 말고도 아주 많지."

다만 차이점은 실천에 옮기느냐, 그렇지 않으냐 하는 것이었다.

"그나저나 아버지와 만나자마자 헤어지게 되어서 아쉽긴 하겠다."

“제게는 익숙한 일입니다.”

바율은 전쟁 중에 태어났다. 제국의 총사령관인 아버지는 당연히 집을 비우시는 일이 잦았고, 종전 후에도 크고 작은 일을 수습하기 위해 집에 오래 머무신 적이 없었다.

어려서는 바일과 함께 아버지를 그리워하며 버티곤 했었는데, 이제는 홀로 그래야 한다는 게 안타까울 뿐이다.

“그래도 그 유령들 때문에 심심하지는 않을 것 같은데?”

린데만 황태자가 갑자기 주위를 휘휘 돌아보았다.

“이번에는 나타나서 뭐라고 안 하네. 전에는 유령이라고 했다고 엄청 화내더니.”

마땅한 호칭이 없어 그리 칭했을 뿐, 사실 그들이 진짜 유령이 아니라는 건 황태자도 알고 있었다.

“아, 지금은 주변에 없어서요. 그날 입은 부상 때문에 아직 쉬고 있습니다.”

“헉, 그래? 심각한 건 아니지?”

“네, 황태자 전하. 그렇지는 않습니다.”

“근데 헤이즈 경도 거의 다 나았는데, 치유되는 속도가 너무 느린 거 아니야? 유령이라도 신성력을 이용하면 되지 않을까?”

“그 녀석들은 신전에서 치료를 받을 수가 없어서요.”

“치료를 받을 수가 없다니? 왜?”

"녀석들이 정령이기 때문입니다. 그들은 스스로를 치료할 수 있는 힘을 지니고 있어요. 아직 미숙해서 그 속도가 더딜 뿐이지, 곧 완벽하게 이겨 낼 겁니다."

그러잖아도 신전에 오기 전에 녀석들을 살피고 왔다. 다행히 이제 어느 정도 대화도 가능해졌고, 모습을 보일 수도 있었다. 해밀턴으로 떠나기 전까지 노력하면 이노센트처럼 쌩쌩해질 날도 머지않았다.

"아, 그래. 그때도 정령이라고 했었던 것 같아. 한데 정령이 정확히 뭐야? 인간이랑은 다른 건가?"

"인간처럼 생겼지만, 인간은 아닙니다. 보다 자세한 설명은 아버지께서 전쟁을 마치고 돌아오시면 그때 찾아뵙고 말씀드리겠습니다."

황태자가 이미 녀석들을 보았기에 최소한의 설명을 하긴 했지만, 정령에 관해선 일단 함구하라는 아버지의 명이 있었다.

자연을 제어한다는 소문이 퍼지면 공작이 없는 틈을 타서 바율의 능력을 이용하려는 자들이 생겨날지 모르기에 내린 특단의 조치였다.

"또 비밀이라 그거야?"

"송구합니다."

"일전에 황궁에서 주전자와 나무줄기도 정령들이 그런 거지?"

황태자는 역시 눈치가 빨랐다. 바율이 그렇다며 대답하자 그가 피식 웃으며 고개를 끄덕였다.

“내 그럴 줄 알았다니까. 이번이 마지막이야. 약속대로 다음엔 다 얘기해 주기다. 알았지?”

“감사합니다.”

“바율.”

바율을 부르는 황태자의 눈빛이 돌연 진중해졌다.

“전에도 말했지만 넌 내가 마음을 나눈 최초의 친구야. 네가 이렇게 여기 존재해서 얼마나 다행인지 몰라. 널 살려 준 퀸에게도, 퀸을 살려 준 그 대양의 눈이라는 것에도 전부 감사하게 생각하고 있어.”

그 모든 게 아니었더라면 캐링스턴은 지금쯤 지옥이 되어 있었을 것이다. 바율이 눈앞에 살아 있다는 게 황태자는 새삼 고맙고 감동스러웠다.

“곧 다시 볼 수 있었으면 좋겠다.”

“저도 그렇습니다.”

“말로만 그러는 거 아니야?”

“아버지께서 승전보를 울리며 돌아오시는 날, 마중을 나갈 겁니다. 그때 전하를 뵐 수 있지 않겠습니까?”

“한참 먼 이야기네.”

이전과는 다른 양상으로 벌어질 전투이지만, 전쟁은 전

쟁이었다. 더욱이 드와이어트 제국은 순순히 항복하지 않을 게 뻔했다. 아무리 속전속결로 밀어붙여도 쉽게 끝나기는 어렵다. 란데르트 공작에게 그가 모르는 획기적인 전략이 있다면 모르겠지만 말이다.

"그때까지 건강하십시오. 무사 환궁을 기원합니다."

이번에는 바율이 먼저 황태자에게 손을 내밀었다. 친구로서 청하는 악수였다.

"고맙다."

바율의 손을 맞잡은 황태자의 손아귀에 힘이 들어갔다.

"참! 다음에 오면 말인데, 나랑 체스 한판 두는 거 어때?"

"…체스요?"

"어, 축제 때 보니깐 엄청 잘하던데? 내가 호승심이 좀 강한 편이거든. 이긴 사람 소원 들어주기 내기. 어때?"

언제 하게 될지도 모르는 게임에 벌써 내기까지 걸자니. 바율은 자기도 모르게 웃음이 터졌다.

"뭐야, 왜 웃어?"

"아닙니다. 알겠습니다. 그러도록 하지요."

"내 소원 그렇게 만만한 게 아닐 텐데, 괜찮겠어?"

"괜찮을지 아닐지는 제가 졌을 때 생각해 보겠습니다."

재작년과 작년, 두 해 연속 우승자였던 선배를 꺾고 났더니 부쩍 자신감이 붙었다. 린데만 황태자의 체스 실력에 대해선 전혀 아는 바가 없지만, 바율은 왠지 질 것 같다는 생각이 들지 않았다.

"흐음. 확실히 처음 봤을 때랑 많이 달라졌어."

"그런가요?"

"응. 근데 지금이 더 보기 좋네."

그들은 아직 십 대였다. 앞으로 계속 쭉쭉 자라날 것이다. 어떻게, 어떤 모습으로 더 변하게 될지는 아무도 알 수 없었다.

"그럼 안녕히 가십시오, 황태자 전하."

"너도 고향에서 좋은 일만 가득하기를 바랄게."

많은 이들의 기대 속에서 출발했던 황태자의 캐링스턴 방문은 전대미문의 사건이 벌어짐으로써 제국민들의 입방아에 쉴 새 없이 오르내렸다.

황태자의 강력한 요청으로 이뤄진 사안이었기에 그는 황궁에 도착해서도 쉬지 못하고 자기방어를 해야만 했다.

고단하고 지난한 시간의 연속일 게 분명했다. 바율은 부디 그가 잘 헤쳐 나가기를 그의 친구로서, 또 미래의 신하로서 간곡하게 바랐다.

3.

여지없이 하루가 지났고, 드디어 환궁이 시작되었다. 황궁에서 보낸 호위대와 병사, 그리고 란데르트 공작과 만월 기사단에 시중을 들 하인들까지 무려 천 명에 가까운 대규모 인원의 이동이었다.

함께 가고 싶은 마음을 겨우 참으며 바율과 친구들은 아카데미 정문까지만 배웅을 나갔다.

아버지를 언제 다시 또 뵐 수 있을까?

불안감이 아주 없는 것은 아니지만 바율은 아버지를 믿었다. 아버지라면 본인이 결정하신 일을 멋지게 이뤄 내고 오실 것이다.

그때까지 자신은 해밀턴으로 돌아가 영지를 정비하는 일을 맡기로 했다.

정령들과 함께 고향 땅을 괴롭히는 비를 멈추게 하고, 오랜 장마로 인해 상한 농경지와 영지민들의 생활 터전을 복구할 생각이었다.

아버지께서 돌아오시면 변한 해밀턴을 보고 깜짝 놀라실 것이다.

란데르트 공작은 공작대로, 바율은 바율대로 바쁜 시간을 보내게 될 터였다.

Chapter 6.
해방

1.

란데르트 공작이 황도로 떠나고 닷새 후, 바율도 해밀턴에 도착했다. 친구들과 만난 지 얼마 되지 않아 다시 헤어지게 된 것이 아쉽긴 했지만, 해밀턴에서 생길 일들이 기대되기도 하였다.

"컹컹!"

마차에서 내린 바율을 제일 먼저 반긴 건 역시나 재스퍼였다. 녀석이 빗속을 뚫고 한달음에 달려와 바율에게 안겼다.

"왈왈왈!"

그 뒤를 보석 사인방이 마치 경쟁이라도 하듯 엄청난 속도로 따라붙었다. 예상대로 녀석들은 몰라볼 만큼 덩치가 자라 있었다.

"우와, 너희들 진짜 많이 컸구나! 재스퍼! 시트린! 로즈! 스모키! 크리스탈! 다들 잘 지냈어?"

아버지가 직접 지어 주신 이름 그대로 호명하자 신기하게도 녀석들이 저마다 답이라도 하듯 왈왈 짖어 댔다.

"도련님, 조심하십시오."

전과 달리 다섯 마리가 한꺼번에 달려드니 당해 낼 재간이 없었다. 바율이 중심을 못 잡고 휘청거리자 이언이 재빨리 손을 뻗어 등을 받쳐 주었다. 그의 다른 한 손은 우산을 든 채 바율에게 쏟아지는 빗물을 막고 있었다.

"재스퍼! 너는 오늘도 내가 안 보이는구나?"

"컹컹컹!"

"흥, 됐거든? 나도 이제 일 순위가 따로 있다고. 루비이—!"

오늘은 재스퍼의 변명이 통하지 않았다. 리타가 보란 듯이 녀석에게서 고개를 팩 돌리며 루비를 부르자, 멀리서 보고만 있던 루비가 꼬리를 흔들며 달려왔다.

"왈왈! 왈왈왈!"

바율을 열심히 핥아 대던 보석 사인방도 엄마를 따라 덩달아 리타에게로 옮겨 갔다. 앞으로 자신들의 밥이 어디에서 나올지를 정확하게 알고 있는 듯했다.

"으앗, 너희는 왜 달라붙는 거야! 저리 가!"

리타의 치마가 순식간에 엉망이 되었다. 그녀가 입으로는 아끼는 외출복이 더러워졌다며 투덜거렸지만, 얼굴 어디에서도 싫은 기색은 찾아볼 수 없었다. 되레 활짝 웃는 모습이 더없이 즐거워 보였다. 해밀턴에 올 때만 볼 수 있는 리타의 미소였다.

"스승님이 날 보고도 저렇게 웃어 주시면 참 좋을 텐데……."

마계에서 돌아온 이후로 구박 덩어리 신세를 못 면하고 있는 바르가 시무룩해서는 자기도 모르게 홀로 중얼거렸다. 마계로 복귀하기 직전 갑자기 나아진 음식 솜씨로 모두를 깜짝 놀라게 했던 그는 무슨 이유에선지 요리 실력이 다시 원상태로 복귀되었다.

그 참담한 현실에 바르는 좌절했고, 리타는 환장하겠다며 뒷목을 잡고 쓰러졌다. 그동안 가르쳤던 건 다 어디로 간 거냐며 소리를 빽빽 질렀지만, 제일 답답한 건 당사자인 바르였다. 하라는 대로 열심히 따라 한 죄밖에는 없는데 왜 이렇게 되었는지 억울해서 잠도 못 잘 지경이었다. 그나마 다행인 건 아직까지는 남은 팔을 무사히 지켜 내고 있다는 점이었다.

"세상에나! 그새 많이들 자랐네. 볼수록 귀엽단 말이야."

어느 틈엔가 아몬이 리타의 무리에 합류했다. 그가 보이지도 않는 눈으로 보석 사인방을 훑어보곤 열심히 어루만졌다.

'이번에도 내 고기에 손을 댔다간 가만두지 않겠다!'

데스는 데스대로 보석 사인방을 노려보며 고기를 사수하겠다는 열의에 불타올랐다. 먹을 것이 부족한 해밀턴에 왔으니 한동안 예민해질 게 뻔했다.

"도련님, 날이 찹니다. 그만 안으로 들어가시지요."

이언의 재촉에 바율이 그제야 재스퍼에게서 눈을 떼고 몸을 일으켰다. 그 잠깐 사이 어느새 성내 하인들이 모두 나와 바율에게 정중히 예를 올리고 있었다.

"이런, 저 때문에 다들 비를 맞고 있었군요!"

바율은 미안함에 서둘러 실내로 이동했다.

해밀턴은 여전히 변한 게 없었다. 비가 무지막지하게 내리고 있었고, 으스스한 한기가 뼛속까지 시리게 했다.

'조만간 꼭 이 비를 멈추게 해야지.'

바율은 잠시 이노센트를 떠올리며 스스로에게 약속했다. 준비가 끝나는 대로 곧장 실행에 옮길 생각이었다.

하인들까지 모두 안으로 들어오자 커닝 집사와 조아나 집사가 가까이 다가와 다시 한번 인사했다.

"바율 도련님, 무사하셔서 너무나 다행입니다!"

"건강히 돌아와 주셔서 감사합니다!"

바율을 향한 그들의 눈빛에는 많은 감정이 담겨 있었다.

불과 며칠 전에 바율이 죽었다는 소식을 접했었다. 마른 하늘에 날벼락과도 같은 비보가 아닐 수 없었다. 여름 방학 때까지만 해도 멀쩡하시던 도련님이셨다. 그랬던 도련님이 축제 도중 암습을 받고 돌아가셨다는 말을 듣고 처음엔 다들 믿을 수가 없었다.

암살자들이 아카데미에까지 쳐들어가서 그런 일을 벌일 거라고는 누구도 상상해 본 적이 없기 때문이다.

공작이 급히 캐링스턴으로 떠나고 바율이 다시 살아났다는 연락을 받기까지 해밀턴은 그야말로 암흑 그 자체였다. 십년전쟁이 끝난 후로 평화롭기만 하던 일상이 단번에 산산조각이 났다.

하나 남은 아드님마저 그렇게 가시면 그들의 영주님은 진짜 혼자가 되는 것이었다. 또다시 무너지는 주인의 모습을 어찌 보아야 할지 걱정과 염려가 들지 않을 수 없었다.

한데 그런 와중에 도련님이 기적처럼 다시 살아나 전과 다름없는 모습으로 고향에 돌아오셨다.

그러니 어찌 기뻐하지 않을 수 있겠는가. 며칠 사이에 천국과 지옥을 오가는 건 심적으로 상당히 힘든 일이었지만, 바율이 무사하다는 사실에 성내 식구들 전체가 진심으로 안도했다.

"바율……."

그런데 언제부터였을까?

그런 하인들 틈에서 반가운 이의 얼굴이 등장했다. 작은아버지를 빼다 박은 듯 쏙 닮은 외모의 주인공은 데릭의 동생이자 바율에게는 사촌 누나인 릴리스였다. 그녀가 바율을 만나기 위해 미리 와 있던 것이다.

"…릴리스 누나?"

이 년이 넘도록 보지 못했지만 한눈에 알아보았다. 그 사이에 사촌 누나는 소녀에서 여인이 되어 있었다. 원래도 고왔지만 청순함에 성숙한 미모가 더해지자 분위기가 많이 달라졌다.

"이게 대체 얼마 만이야!"

바율은 기꺼워하며 릴리스에게로 황급히 뛰어갔다.

"헤에, 오랜만이지?"

어색함 때문인지 약간은 불편해 보이기도 했지만, 사실 릴리스도 바율이 반갑기는 마찬가지였다.

"그동안 어떻게 지냈어? 신부 수업 중이라고 듣기는 했었는데!"

"그냥 그럭저럭 지냈어. 그보다 바율, 넌 이제 정말 괜찮은 거지?"

바율에 관한 소식은 당연히 작은집에도 전해졌다. 죽었다던 사촌 동생이 살아서 돌아온다는 말에 도무지 가만히 있을 수가 없었다. 오늘쯤 도착할 거란 말을 듣고 아침부터 와서 기다리던 참이었다.

아버지는 큰아버지의 연락을 받고 황도로 바로 올라가셨고, 오빠인 데릭은 여전히 감옥에 갇혀 있었다. 어머니는 몸이 좋지 않으시다며 나중을 기약하셨지만, 그것이 핑계라는 건 릴리스가 가장 잘 알았다. 이후로도 어머니가 바율을 찾는 일은 아마 없을 것이다.

"아, 걱정했겠구나! 내가 미처 그 생각을 못 했네."

생각이 짧아 헤아리지 못했다. 본의 아니게 걱정을 시킨 셈이니 뒤늦게나마 미안함이 몰려왔다.

"무탈하게 돌아와서 천만다행이야. 눈물 흘린 게 좀 억울하긴 하지만, 그래도 지금이 훨씬 좋으니까 넘어가 줄게."

자신이 미안해할까 봐 먼저 농담을 건네는 걸 보니 릴리스 누나는 변한 게 없었다. 몸이 약한 사촌 동생에게 늘 사려 깊고 친절하게 굴었던 그녀의 마음 씀씀이를 바율은 기억하고 있었다.

역시 누나는 데릭 형과는 달랐다.

"릴리스 누나, 이러지 말고 우리 들어가서 마저 얘기하자!"

언제까지 하인들을 현관에 붙잡아 둘 수는 없었다. 바율이 움직여야만 다들 제 할 일을 하러 돌아갈 것이다.

"따뜻한 차를 내오도록 하겠습니다."

커닝 집사가 눈짓하자 그제야 하인들이 빠르게 흩어졌다. 데스 형제들은 리타를 쫓아 부엌으로 향했고, 바율은 릴리스와 함께 응접실로 갔다.

"큰아버지께서는 황태자 전하를 모시고 환궁하신 모양이지?"

바율이 살아 있다는 소식만 들었을 뿐, 릴리스는 자세한 얘기를 알지 못했다. 아버지가 황도로 가셨기에 짐작은 했다만, 혼자 돌아온 바율을 보니 어쩐지 쓸쓸해 보인다.

아들을 제치고 황태자를 먼저 챙겨야 하는 큰아버지의 처지를 이해는 하지만, 사촌 동생인 바율이 딱해 보이는 건 어쩔 수가 없다.

"그렇게 되었어. 아마도 곧 출정하시게 될 것 같아."

"출정이라니?"

바율의 갑작스러운 말에 안 그래도 커다란 릴리스의 눈동자가 더욱 동그래졌다.

"설마 벌써 배후를 찾아낸 거야?"

바율은 이번 사건을 사주한 자가 로이안 황제임을 간략하게 설명해 주었다. 생각지도 못한 이름이 튀어나와 아연한 표정을 짓던 릴리스가 실은 암살의 목표가 바율이었다는 대목에서 기함을 토했다.

"어떻게 그런 일이……!"

란데르트 공작의 하나뿐인 아들을 죽이려고 했다. 진짜로 죽었다가 살아난 것이니, 암살에 성공한 셈이기도 했다. 당연한 말이지만 다시 살아났다고 해서 그들의 죄가 사라지는 건 아니었다.

감히 란데르트 공작의 아들을 해한 죄.

결코 가벼이 넘어갈 수 없는 사안이었다.

대륙에 또다시 전쟁의 기운이 몰아치고 있었다.

"바율, 무사해서 정말 다행이야."

릴리스는 가슴을 쓸어내리며 다시 한번 안도했다. 바율이 죽는 건 생각만으로도 끔찍했다. 이미 사촌 동생을 잃어본 경험이 있었다. 두 번 다시 같은 일이 반복돼서는 안 되었다.

"그리고 미안해."

"……?"

사실 릴리스가 제일 하고 싶었던 말은 이거였다.

"많이 놀랐지?"

"갑자기 무슨 소리야?"

"…데릭 오빠 말이야."

"아, 그거……."

너무 큰일을 당하다 보니 완전히 잊고 있었다. 축제가 시작되기 전까지만 해도 데릭 형 일로 문득문득 마음이 무거워지곤 했었는데, 정작 해밀턴에 돌아와서는 생각도 못 했다.

"…형은 좀 어때?"

왠지 제가 이렇게 묻는 것이 이상했지만, 그렇다고 묻지 않을 수도 없었다.

"잘 있는 것 같아. 이참에 도박도 끊고 잘됐지."

"도박?"

"못 들었구나?"

"설마…… 데릭 형이 광물을 빼돌린 이유가 도박 때문이었다는 거야?"

생각지도 못했던 이유였다. 그에 바율이 기겁하자 릴리스가 쓴 미소를 지었다.

"실은 그런지 좀 됐어. 그러다 빚도 진 거고. 내 오빠지만 너무 바보 같지 않니? 바율, 네 얼굴 보기가 너무 부끄럽다."

"…누나는 괜찮은 거야?"

"나야 뭐 그렇지. 큰아버지와 네게 면목이 없을 뿐이야."

"작은아버지께선 어떠셔?"

모르긴 몰라도 충격이 상당하셨을 것이다. 아버지 또한 못지않게 놀라셨으리라.

"불같이 화내시곤 직접 감옥에 가두라 명하셨어. 데릭 오빠 면회를 아직 한 번도 안 가신 걸 보면 꽤 오래 가실 것 같아."

"그랬구나……."

본인이 죄를 지은 것도 아닌데 바율은 괜스레 미안해졌다. 데릭 형의 죄를 찾아내어 물은 장본인이 자신이다 보니 멀쩡한 가정을 파탄 내기라도 한 듯한 기분이었다. 작은어머니의 표독스러운 눈빛이 순간 뇌리를 스쳤다.

"…어머니가 널 찾아왔던 거 알아. 혹시 그날 네게 상처되는 말을 하셨다면 내가 대신 사과할게."

"아니야, 누나! 무슨 그런 말을 해!"

"내 어머니잖아. 그러니까 내가 사과를 해야지."

릴리스의 안색이 언뜻 서글프게 느껴졌다.

오랜 세월 동안 몰랐던 작은어머니의 감추어진 모습을 보았었다. 한데 보아하니 릴리스 누나는 진즉에 그 모습을 알고 있던 모양이다. 지금 그녀의 표정은 부모에게 실망한 딸의 얼굴이었다.

"내가 끝까지 말렸어야 했는데 그러질 못했어. 어머니가 오빠 일이라면 과하게 흥분하는 경향이 좀 있으시거든."

"릴리스 누나, 나 괜찮아. 그렇게 애써 설명하지 않아도 누나 마음 충분히 알겠어."

"하지만……."

"누나가 염려하는 일 같은 건 없었으니까 안심해."

"…정말 아무 일이 없었단 말이야? 그럴 리가 없는데……."

있기야 했다. 하지만 그 얘기를 하면 릴리스는 더욱 상처를 받고 미안해할 것이다. 그녀가 그런 감정을 느끼도록 만들고 싶지 않았다.

"작은어머니께선 아들을 위해 그러신 거잖아. 그럴 만하셨다고 생각하고 있어. 그리고 이미 지나간 일이잖아. 데릭 형은 현재 죗값을 받는 중이기도 하고. 우리 마음 아픈 얘기는 그만하고, 다른 얘기 하는 게 어때?"

"다른 얘기?"

"응, 가령 누나가 결혼할 상대분에 대해서라거나?"

릴리스 누나는 곧 혼인을 앞두고 있었다. 양 볼이 붉어지며 민망해하는 것이, 다행히 데릭 형처럼 혼사가 깨지지는 않은 것 같았다.

"형님 되실 분은 어떤 사람이야? 궁금하다!"

"…바율, 너 진짜 많이 달라졌구나?"

"어?"

"건강을 회복했다는 얘기를 듣긴 했어. 마음을 전하진 못했지만 기뻐하기도 했고. 그런데 이렇게까지 밝아졌을 줄은 몰랐네. 아카데미 생활이 정말 잘 맞는가 봐."

바율이 캐링스턴 아카데미에 입학한 후로 많은 것들이 달라졌다. 아직 채 일 년도 다니지 않았는데, 무엇이 녀석을 이렇게 변화시킨 것일까?

"이런 모습 보니 내 결혼 얘기보다 네 아카데미 얘기가 더 재미있을 거 같은데? 친구는 많이 사귀었어? 기숙사 생활은 어때? 성적은 좋은 편이야? 설마 우리 가문에 먹칠을 하고 있는 건 아니겠지?"

릴리스의 연이은 질문 공격이 들어왔다. 그 덕에 바율은 미래의 형님 얘기를 듣기는커녕 온종일 아카데미 얘기만 그녀에게 털어놓았다.

2.

해밀턴에 도착한 다음 날부터 바율은 바쁘게 밖을 쏘다녔다. 비를 멈추게 한다는 건 생각처럼 쉬운 일이 아니었다. 이노센트가 아무리 중급 정령이 되었다고 해도, 적절한 시기에 알맞은 곳에서 시전을 해야만 완벽하게 해낼 수 있었다.

일단은 그런 장소를 찾아내는 것이 급선무였다. 도시 전체에 내리는 비를 제어하려면 탈진 상태가 될 게 분명했다. 때문에 다른 정령들의 도움이 절실히 필요했다.

뭐가 어떻게 된 것인지는 모르겠지만 바율은 이상하게 전보다 자신감이 생겼고, 어떤 식으로 일을 진행해야 할지도 어렴풋하게나마 알 것 같았다.

"지도상으로는 여기가 해밀턴의 중심입니다."

오늘의 답사는 이언, 데스와 함께 나왔다. 이언도 정령에 대해서 알고 있으니 더 이상 몰래 일을 처리할 필요가 없게 되어 확실히 편했다. 데스는 혹시나 조언을 얻을 수 있을까 싶어 커닝 집사에게 양해를 구하고 데려왔다.

"모든 힘을 한꺼번에 쏟아 내야 겨우 멈출 수 있을 거예요. 해밀턴엔 정령석이 없기 때문에 기력을 회복하려면 시간이 오래 걸리거든요. 그러니까 딱 한 번에 끝내야 합니다."

"그 정령석이라는 거, 캐링스턴에서 파다가 이곳에 심으면 안 되는 겁니까?"

"그러면 캐링스턴에 재해가 일어날 텐데요?"

"아, 그렇겠군요."

그것참 안타깝다는 듯 이언이 입맛을 다셨다.

"이노센트!"

바울이 허공에서 비를 맞으며 춤을 추고 있는 이노센트를 불러들였다. 하급 정령일 때와는 다르게 확실히 녀석에게선 기운이 넘쳤다.

"여기 어때? 이쯤이면 해밀턴 전역으로 힘이 잘 뻗어 나갈 것 같은데."

"흐음…… 그럼 지금 해 볼까?"

"뭐? 당장 하겠다고?"

오늘은 현장 답사 차원에서 나왔다. 그렇기에 아무런 준비를 해 오지 않았다. 물론 따로 준비물 같은 게 필요한 것은 아니었지만, 아직 마음의 채비를 하지 못했다.

"이렇게 갑자기 괜찮겠어?"

"나보다는 저 녀석을 걱정해야 할 것 같은데?"

이노센트가 팔짱을 끼고는 멀찍이 떨어져 있는 템페스타를 턱짓했다. 부상에서 완벽히 회복한 녀석은 여전히 귀여운 모습을 하고 있었지만, 전과는 다르게 상당히 풀이 죽은 상태였다.

"아직도 꽁해 있다니, 아무튼 한심하다니까."

"이노센트, 너무 그러지 마. 템페스타도 중급 정령이 되고 싶어서 그런 거잖아."

중급 정령이 되고 나서 이노센트는 틈만 나면 템페스타에게 자랑을 해 댔다. 먼저 각성한 게 벼슬이라도 되는 양 어찌나 우쭐거리는지, 보는 바율이 헛웃음이 나올 지경이었다.

스피넬은 원래가 중급 정령이었으니 신경을 전혀 쓰지 않았지만, 템페스타는 아니었다. 세상 억울하다는 표정으로 눈물까지 뚝뚝 흘리며 슬퍼하는 까닭에 녀석을 달래느라 한참이나 공을 들여야 했다.

셰임은 워낙 말이 없어 그 정도는 아니었지만, 그래도 그 역시 내심 부러워하는 감정이 바율에게 느껴졌다. 해밀턴이 정리되는 대로 두 정령의 상향 등급을 위해 최선을 다하기로 다짐하는 계기가 되었다.

"그리고 이번 일, 다른 정령들이 없으면 성공하지 못할 거야. 협동이 중요하다고 내가 말했지?"

"응, 기억하고 있어."

물의 정령인 이노센트가 해밀턴의 전 지역에 내리고 있는 비를 끌어모으려면 바람의 정령인 템페스타의 도움이 절실했다. 새어 나가는 빗물은 불의 정령인 스피넬이 열기로 증발시키고, 땅의 정령인 셰임은 묽어진 대지가 휩쓸리지 않도록 빗물로부터 보호해야 했다.

그걸 전부 동시에 자연스럽게 해내야 비를 멈추게 할 수 있는 것이다. 처음 해 보는 거라서 몇 시간, 며칠이 걸릴지는 장담할 수 없었다.

중요한 건 바율은 이번 계획에 사활을 걸었다.

해밀턴을 정상으로 돌려놓기.

그건 무려 아버지와 한 약속이었기 때문이다.

오늘 낮에 황도에서 소식이 도착했다. 출정 문제로 도당에서는 밤낮으로 회의를 하는 중이었고, 린데만 황태자는 당분간 궁 밖으로의 출입이 금지되었다.

전쟁에는 많은 군사와 물자가 필요하다. 그것을 어떻게 수급하고 관리 감독을 해야 할지에 대해서도 긴 논의가 오가야 결정이 날 터였다.

황태자와 바율의 목숨이 달렸던 일이니만큼 종국에는 란데르트 공작의 뜻대로 전쟁이라는 결정이 나겠지만, 그 시기가 언제가 될지 바율은 걱정되는 한편 기다려지기도 했다.

"스피넬."

"네, 바율."

스피넬이 온몸에서 수증기를 뿜어내며 바율에게 다가왔다. 처음 그 모습을 보고 이언이 뒷걸음질 치던 게 생각이나 바율은 문득 웃음이 나오려고 했다.

차가운 빗물이 스피넬의 불길에 닿아서 생기는 현상이었

는데, 확실히 처음 보는 사람이라면 기괴하다고 느껴질 만했다.

스피넬은 반다인과의 대결로 넷 중 가장 심각한 부상을 입었었다. 아무래도 전면에 나서다 보니 그리된 것이었는데, 다행히 중급 정령이라서인지 회복력은 제일 빨랐다.

그날 엄청난 실력을 보여 준 탓일까. 왠지 모르게 바율은 스피넬에게 많은 의지가 되었다. 드와이어트 제국의 최고 고수라는 자를 상대로 대등하게 겨룬 그녀의 진가에 솔직히 놀라기도 했다.

막판에 마족과의 계약 이행만 아니었다면 스피넬이 이길 수 있는 전투였다. 정령이 얼마나 강력하고 위대한 존재인지 바율은 그때 새삼 깨달았다.

"지금 바로 할 수 있겠어?"

"전 언제든지 가능합니다."

역시나 믿음직한 답변이 들려왔다.

"셰임은요?"

모처럼 셰임은 땅속이 아닌 땅 위에 올라와 있었다. 그의 긴 머리칼과 수염은 빗속에서도 무사했다.

"나도…… 괜찮다……."

그렇다면 남은 건 템페스타였다. 녀석은 둘과 달리 차근차근 달래야 말을 들을 것이다. 바율은 녀석을 부르지 않고 직접 움직였다.

"템페스타, 여기서 뭐 해?"

템페스타는 커다란 나뭇가지 위에 걸터앉아 있었다. 그들이 현재 있는 곳은 언덕배기로, 도시가 내려다보이는 각도였다.

"그냥 있어."

시무룩한 표정을 마주하니 마음이 짠했다. 이노센트와 앙숙 아닌 앙숙으로 지내다 보니 그만큼 그녀의 진화에 충격이 컸던 모양이다. 까불거리며 성질을 부리는 모습을 보는 게 차라리 나을 것 같았다.

"내가 지금 템페스타의 능력이 필요한데, 좀 빌려 줄 수 있을까?"

"내 능력?"

"응, 템페스타가 아니면 아무도 할 수 없거든."

"…나밖에 할 수 없다는 게 뭔데?"

언제나 본인이 특별하기를 바라는 템페스타는 이런 식으로 자기를 추켜올려 주는 식의 발언을 좋아했다. 그간의 경험을 통해 바율도 배운 바가 많았다.

"이노센트가 비를 멈추게 할 거거든. 근데 혼자서는 불가능해. 비가 한곳으로 모일 수 있도록 템페스타가 힘을 써줬으면 좋겠어."

"나보고 저 녀석을 도와주란 말이야?"

발끈하는 템페스타를 바율이 차분히 타일렀다.

"결론적으로는 이노센트가 아니라 이곳에 사는 사람들을 돕는 거야. 비가 너무 많이 와서 다들 힘들어하고 있거든."

"물은 늘 골치 아픈 존재지."

이노센트만 봐도 알 수 있다는 듯 템페스타가 입술을 삐죽였다.

"그럼 도와줄 거지?"

"…알았어. 바율이 원하니까 해야지."

"그래, 템페스타. 역시 착하구나, 고마워."

녀석을 다루는 법을 에이단에게 배워 두길 잘했다. 템페스타가 높은 곳에 있어 쓰다듬지 못한다는 게 아쉬웠다.

"그럼 이제 전부 모여 볼까?"

바율이 손짓하며 정령들을 한곳으로 불러들였다. 티는 내지 않았지만, 내심 긴장되는 순간이었다. 이토록 큰 영역에 영향력을 행사하기는 이번이 처음이었다. 과연 생각처럼 일이 잘 풀릴 수 있을지 가슴이 두방망이질 쳤다.

"설명은 이미 했으니까 다시 말 안 할게. 목표는 알지?"

"나만 믿어, 바율!"

중급 정령이 되고 자신감이 하늘을 찌르는 이노센트는

답을 하는 데 망설임이 없었다.

"다들 잘 부탁할게."

너희를 믿어.

바율은 양손을 꼭 그러쥐고 속으로 기도했다. 이언과 데스가 그런 바율의 양옆에서 정령들의 움직임을 흥미롭게 바라보았다.

가장 먼저 이노센트가 움직였다. 그녀가 양팔을 활짝 펼친 채 서서히 하늘로 올라갔다. 그리고 그녀를 중심으로 스피넬과 셰임, 템페스타가 세 방향으로 흩어졌다.

역사적으로 기록되어야 할 만큼 중요한 순간이었다.

자연을 제어하는 바율의 첫 행보다.

두근두근.

심장 박동 소리가 점점 빨라졌다.

"응?"

그러던 어느 순간이었다. 이상함을 감지했는지 데스의 눈꼬리가 올라갔다.

"데스, 왜 그래요?"

바율이 그렇게 묻는 찰나, 별안간 세상이 정지했다. 쏟아지던 빗물이 허공에 그대로 멈춘 것이다. 마치 꼭 시간이 멎은 듯한 느낌이었다.

"노, 놀랍군요."

말로만 듣던 정령의 능력을 이제야 경험하는 이언이었다. 그가 손을 내밀어 눈앞에 떠 있는 빗방울을 만져 보았다. 차가운 감촉이 을씨년스럽게 전해졌다.

그때였다.

잠시 시간이 멈춘 듯 공중에 떠 있던 빗물들이 일제히 하늘로 솟구치기 시작했다. 위에서 아래로 떨어지던 것이 완전히 방향을 바꾼 것이다. 그 빗물들이 향하는 중심에는 푸른빛을 내뿜고 있는 이노센트가 있었다.

"빗물을…… 흡수하는 겁니까?"

이언이 물었지만 바율도 처음 보는 거라서 뭐라 답해 줄 수가 없었다. 녀석의 가녀린 몸 어디에 그런 방대한 저장(?) 공간이 있는지, 빗물들이 사정없이 그녀에게로 빨려 들어갔다.

스피넬은 온몸으로 열기를 토해 내며 이노센트의 부담을 줄였고, 템페스타는 바람을 일으켜 빗물이 쉽게 모이도록 일조했다. 셰임은 그 과정에서 대지가 상하는 것을 막기 위해 열심히 버텨 냈다.

그렇게 무려 열두 시간을 쉬지 않고 힘을 발휘했다.

밑에서 그냥 보고만 있는데도 바율은 숨이 찼다. 녀석들의 힘이 점점 바닥으로 치닫자 불안감이 엄습했다.

아직은 무리였던 것인가?

연습이라도 좀 한 후에 실행해야 했을까?

여러 가지 잡생각들이 떠올라 바율을 심란하게 했다.

그러다 자정이 지나고 새벽이 되었다.

하급 정령인 셰임과 템페스타는 진즉에 나가떨어졌고, 이노센트와 스피넬만이 마지막까지 애를 쓰고 있었다. 이러다 정령들을 잡겠다 싶어 바율이 그만하라는 말을 하려는 순간이었다. 간간이 피부를 적시던 빗물이 언젠가부터 느껴지지 않는다는 사실을 바율은 문득 깨달았다.

"어? 지금……?"

바율은 어리둥절한 얼굴로 사방을 살피었다. 하늘은 여전히 뿌옜지만, 희미하게 달이 떠 있었다. 그리고 그 흐린 달빛 속에서 분명하게 보였다.

"비가 멈췄어! 비가 더 이상 오지 않아요!"

"헉! 그, 그렇네요!"

실감이 안 나는지 이언이 한 박자 늦게 더듬거리며 소리쳤다. 그가 손을 들어 허공을 휘휘 저어 봤지만, 차가운 공기만이 느껴질 뿐이었다. 정말로 빗물이 사라지고 없었다.

"흐음, 완전히 끝난 모양인데?"

지루하다면 지루할 수 있는 시간 동안 데스는 바율의 곁을 지켰다. 그런 그까지 고개를 끄덕이며 인정하자 바율은 비로소 실감이 나는지 기쁨의 비명을 질렀다.

드디어 끝이 없을 것 같던 장마에서 해방되었다.

긴 시간 해밀턴을 괴롭히던 수마에서 마침내 벗어나게 된 것이다.

말도 못 할 환희가 전신에서 용솟음쳤다.

"이노센트!"

정령 모두가 애썼지만, 특히 녀석의 공이 가장 컸다. 바율이 이노센트를 힘껏 불러들이자 그것만을 기다렸다는 듯 이노센트가 날개 잃은 천사처럼 힘없이 지면을 향해 떨어졌다. 또다시 탈진을 한 것이다.

바율은 재빨리 달려가 이노센트를 안았다. 고된 시간이었는지 녀석은 벌써 고이 잠들어 있었다.

스피넬이 조금 수척해진 상태로 그 옆에 가볍게 내려섰다.

"모두 정말 수고 많았어."

바율은 고작 이런 말밖에 할 수 없었다. 하지만 그것만으로 충분하다는 듯 스피넬이 조용히 미소 지었다.

"오늘 아침이 기대되는군요."

근 반년째 한결같이 지속되던 해밀턴의 아침 풍경이 바뀔 것이다.

비가 그친 것을 보고 시민들은 어떤 반응을 보일까?

리타는 당연히 좋아서 방방 뛰겠지?

밤을 샌 만큼 몸이 피곤하긴 한데, 궁금해서 잠자기는 다 그른 것 같았다. 오랜만에 고향에서 맑은 하늘을 보게 될 생각을 하자 바율도 들뜨기 시작했다.

3.

아침부터 성내가 시끌시끌했다. 따듯한 이불 속을 빠져 나가기 싫어 구물거리고 있던 리타가 결국 참지 못하고 이불을 걷어찼다.

"왜 이렇게 시끄러워? 이러다 도련님까지 깨시겠네!"

요즘 영지를 살피시느라 매일같이 밤낮으로 바쁘신 분이었다. 어제도 꾸벅꾸벅 졸며 새벽까지 기다렸지만 끝내 뵙지 못했다.

"정오까지는 푹 주무시게 둬야 하는데, 대체 누가 말썽인 거야?"

리타가 협탁 위에 벗어 둔 안경을 쓰고는 창문을 벌컥 열어젖혔다. 싸늘한 한기와 함께 소란함이 열 배는 더 상승했다.

"왜들 저렇게 모여 있지?"

대충 봐도 성내 하인이란 하인들은 죄다 나와 있는 듯했다. 뭐가 그렇게 급했는지 제대로 옷도 챙겨 입지 못한 이들이 태반이었다.

"누가 다치기라도 했나?"

갑자기 더럭 걱정이 앞섰다. 다친 게 아니라면 병이 났을 수도 있다. 뭐가 되었든지 간에 후딱 내려가서 확인해 봐야 했다.

"…잠깐만."

잠옷을 갈아입으려던 리타가 이상함을 느낀 것은 그때였다. 그녀의 고개가 다시금 창문으로 향했다.

"비…… 비가 왜 안 내리지?"

들려야 할 소리가 들리지 않았다. 처음엔 지긋지긋했지만, 어느새 자장가처럼 익숙해져 버린 비 내리는 소리가 없다.

"설마 비가 멈춘 거야?"

그러고 보니 찐득한 습기마저 사라지고 없었다.

"헉!"

그제야 다들 왜 저렇게 나와 있는 건지 감이 왔다. 리타가 서둘러 창가로 달려가 밖으로 손을 뻗었다.

"지, 진짜야! 비가 멎었어!"

장장 수개월 동안 해밀턴을 괴롭히던 장마가 드디어 멈춘 것이다. 믿을 수가 없었다.

밑을 내려다보니 다른 하인들도 마찬가지인 듯했다. 하늘을 향해 얼굴을 젖히고 손바닥을 드는 모습들이, 비가 정녕 안 오는 게 맞는 건지 확인하고 있었다.

"도련님! 바율 도련니임—!"

이럴 때가 아니었다. 도련님께 얼른 이 사실을 알려야 했다. 리타가 잠옷 바람인 것도 잊은 채 후다닥 아래층으로 내려갔다.

"도련님! 일어나세요! 글쎄, 지금 밖에……!"

마음이 급한 나머지 노크도 없이 문을 확 잡아당겼다. 분명 피곤해서 주무시고 계실 게 뻔하지만, 그래도 이런 기쁜 소식은 응당 빨리 알려 드려야 한다고 생각했다.

그러나 그런 리타의 예상과 달리 바율은 벌써 일어나 차를 마시고 있었다. 실은 날을 샌 것이었지만, 그녀는 바율이 시끄러워서 일찍 깼다고 여겼다.

"좋은 아침이야, 리타."

바율의 다정한 인사에 잠시 멍해 있던 리타가 퍼뜩 정신을 차리고 외쳤다.

"도련님! 비가 멈췄어요! 어제까지만 해도 무서울 정도로 퍼붓던 비가 완전히 멎었다고요!"

"응, 나도 봤어."

"도련님은 이게 믿어지세요? 그렇게 오랫동안 내리더니

어떻게 하루아침에 싹 멈출 수가 있죠? 너무 신기해요!"

"그러게. 이참에 우리 성 꼭대기에 올라가 볼까?"

"…성 꼭대기요?"

"응, 날이 개면 꼭대기에 올라가 기지개를 켜는 게 소원이라고 했잖아."

"아, 그랬었죠. 근데…… 도련님은 안 기쁘세요?"

비가 그치면 누구보다 좋아하실 줄 알았는데, 어째 반응이 영 뜨뜻미지근하다. 놀란 기색이 전혀 느껴지지 않는 것이 이상했다.

"아니, 당연히 기쁘지. 내가 왜 안 기쁘겠어? 황도에 계신 아버지께 편지까지 썼는걸?"

"벌써요?"

"이런 건 신속하게 알려 드려야지. 그래야 더 기운을 내시지 않겠어?"

"맞아요! 곧 출정을 떠나실 텐데, 마음이 한결 가벼워지셨을 거예요!"

"얼른 올라가 보자. 성의 꼭대기에서 하늘을 보면 느낌이 또 색다를 거야."

바울이 소파에서 일어나 리타의 손을 잡고 그녀를 계단으로 이끌었다. 리타는 몰랐지만, 녀석과의 약속을 지킬 수 있게 되어서 바울은 몹시 기뻐하는 중이었다.

이노센트의 예상치 못한 성장으로 인해 시기가 앞당겨진 것이 행운이었다.

"와아! 정말로 말끔하게 개었어요! 해밀턴 전체에 비가 완전히 멎은 것 같아요!"

리타가 소원대로 기지개를 켜며 크게 숨을 들이켰다. 차가운 아침 공기가 폐부를 적시는 느낌이 확실히 전과 달랐다. 더 이상 꿉꿉하지가 않았다.

"이런 새파란 하늘은 캐링스턴에서나 볼 수 있었는데!"

신이 난 리타가 손을 높이 든 채 제자리에서 빙글빙글 돌았다. 그러다 돌연 뚝 멈춰 섰다.

"근데요, 도련님. 이러다가 내일 또다시 퍼붓기 시작하는 건 아니겠죠?"

반년간 장마가 해밀턴을 잠식하던 와중에도 때때로 빗줄기가 약해질 때는 있었다. 고작 며칠 멈췄다가 다시 내리는 건 아닌지 불현듯 두려워졌다.

"두고 봐야 알겠지만, 비구름이 전부 사라진 걸 보면 며칠 사이에 그러진 않을 거야. 당분간은 이대로 맑은 날씨가 유지될 것 같아."

"그렇겠죠?"

바울의 말을 들으니 그제야 안심이 되는 리타였다. 그녀가 두 손을 모으며 기도했다.

“절망의 신님, 비가 다시 내리지 않도록 꼭 도와주세요! 제가 정말 잘할게요!”

“리타, 그새 절망의 신으로 갈아탄 거야?”

그 절망의 신이 네가 날마다 구박하는 데스라는 건 알고 있니?

바율은 웃음이 터지려는 걸 겨우 참으며 물었다.

“아니요, 갈아탔다기보다 요즘 좀 친해지는 중이거든요.”

“친해지는 중?”

“네, 기도를 나름 잘 들어주는 것 같더라고요. 기도발이 짧은 게 흠이긴 하지만요.”

의문투성이였던 바르의 요리 실력이 절망의 신전에 다녀온 후로 급진전을 보여 줬었다. 리타는 그게 자신이 기도한 덕분이라고 철석같이 믿고 있었다.

“그보다 장마가 끝나면 반가운 손님이 찾아온다고 하던데, 어떤 분이 오실까요?”

“그런 말이 있었어?”

“네! 왠지 앞으로 계속 쭉 좋은 일만 생길 것 같아요! 영주님께서도 분명 대승하고 돌아오시겠죠?”

리타는 란데르트 공작이 질 거라고는 조금도 생각하지 않는 눈치였다. 하긴 그건 그녀만이 아닐 것이다.

제국의 살아 있는 전설로 불리는 공작에게 패배란 있을 수 없는 말이었다. 영지민뿐 아니라 제국민 모두가 한 치의 의심도 없이 그렇게 생각할 것이다.

하지만 바율은 다르다.

그에겐 아버지이자 유일한 가족이었다.

바율 역시 아버지께서 승리할 거라고 여기지만, 혹여 부상을 당하시진 않을지, 예측하지 못한 어떤 변수로 인해 고초를 겪으시진 않을지 등 염려가 되는 것이 사실이었다.

"영주님께서 얼른 돌아오셔서 변한 해밀턴을 보셨으면 좋겠어요!"

그러면 항시 미간에 자리 잡고 있던 주름이 조금은 펴지실 것이다. 그런 날이 빨리 왔으면 하고 리타는 진심으로 바랐다.

"도련님, 이제 내려가요! 아침 식사 하셔야죠!"

"그 전에 리타는 옷부터 갈아입어야겠는데?"

"네?"

무슨 뜻인지 몰라 고개를 갸우뚱거리던 리타가 뒤늦게 잠옷 차림인 것을 깨닫고 '어맛!' 소리를 지르며 뛰어갔다.

안 봐도 그림이 그려졌다. 잠에서 깨자마자 비가 그친 것을 보고 자신에게 알리려 부랴부랴 달려왔을 것이다.

어려서부터 맛있는 음식이라거나, 기쁜 소식이 생기면 언제나 제일 먼저 달려와 알려 주는 녀석이었다. 그런 녀석이 저리도 좋아하는 모습을 보았으니 되었다.

이제 남은 일은 영지를 보다 세세하게 살피는 것이었다. 아카데미로 복귀하는 날까지 영지민들이 좀 더 편해질 수 있도록 할 수 있는 건 모두 다 하고 떠날 생각이었다.

"바율 도련님, 일찍 일어나셨네요."

지상으로 내려오자 커닝 집사가 반갑게 바율을 맞았다. 그는 오랜만에 실내가 아닌 실외에서 사색을 즐기던 참이었다.

"오늘 새벽쯤 들어오신 것 같은데, 요즘 너무 무리하시는 것 아닙니까? 그러다 건강 상하실까 저어됩니다."

"지금 제 건강이 문제인가요?"

바율이 머리를 들어 맑게 갠 하늘을 올려다보았다.

"드디어 비가 멈췄습니다. 아무래도 커닝 집사님께서 한동안 바빠지실 것 같은데요?"

"이런 상황이라면 얼마든지 기꺼이 감당할 수 있습니다. 즐겁게 제 할 일을 할 수 있다면 그것 또한 축복이지요."

"그래서 말인데요. 축제를 여는 게 어떨까요?"

"축제요?"

"네, 비는 멎었지만 그래도 당장은 사정이 여의치 않은 영지민들이 많을 겁니다. 기쁜 자리에 음식이 빠지면 서운한 법이잖아요."

"흐음, 무슨 말씀이신지 알겠습니다. 저 역시 좋은 의견이라고 생각합니다. 다만 현재 영주님께서 출정을 앞두신 상황인데, 저희끼리 축제를 열어도 괜찮을지……."

"아버지께선 이해해 주실 겁니다. 누구보다 비가 멎기를 바라시던 분이니까요. 돌아오시면 아마 잘했다고 하실 거예요."

바울의 확신에 찬 말투에 커닝 집사가 더 이상 망설이지 않고 고개를 숙이며 대답했다.

"도련님이 분부하신 대로 준비하겠습니다."

"감사합니다, 커닝 집사님."

여름 방학 때 얼음 광산 일을 해결하실 때도 느낀 거지만, 한층 더 당당하고 의젓해지셨다. 당장 영주님 대신 영지를 다스리셔도 무방할 정도로 믿음직한 모습이다.

어려서부터 몸이 약해 영주님뿐 아니라 하인들까지 걱정이 이만저만이 아니었는데, 이젠 그럴 필요가 없을 것 같았다.

커닝 집사의 입가에 절로 흐뭇한 미소가 떠올랐다.

"그럼 전 식사 전에 아침 산책부터 다녀오겠습니다."

오늘 바울이 두 번째로 할 일은 재스퍼를 데리고 뒷산에 오르는 것이었다. 녀석과 마지막으로 산에 오른 게 언제인지 기억도 나지 않았다. 비가 그쳤다는 사실을 분명 녀석도 알 터, 지금쯤 몸이 근질근질해서 한껏 달아올라 있을 게 분명했다.

"재스퍼!"

"컹! 컹컹컹컹!"

아니나 다를까. 바율의 음성이 들리자마자 왜 이제 왔냐는 듯 재스퍼가 성급하게 짖어 댔다. 그러자 녀석의 새끼들까지 덩달아 시끄럽게 울어 댔다.

"왈왈왈!"

"왈왈!"

바율의 바짓가랑이를 물고 늘어지는 게 어지간히도 심심했던 모양이었다. 넘치는 힘을 발산하지 못해서 흔히 생기는 현상이었다.

"시트린! 로즈! 스모키! 크리스탈! 산책이다. 가자!"

바율이 움직이자 보석 사인방이 신이 나서 껑충거리며 뛰어올랐다. 그 뒤를 재스퍼와 루비가 나란히 뒤따랐다.

"우리도 함께 가지."

막 뒷문을 나서려는데 데스와 아몬이 나타났다.

"바르는요?"

"그 자식은 신경 꺼."

데스가 퉁명스럽게 내뱉고는 빠르게 걸음을 옮겼다.

"조만간 바르 형님의 남은 팔뚝을 자를지 말지 결정하시겠답니다."

앞서가는 데스를 멀거니 바라보는 바율의 귀에 대고 아몬이 속닥였다.

"…농담이죠?"

"과연 그럴까요? 얘들아, 같이 가!"

놀란 바율을 내버려 둔 채 아몬이 보석 사인방을 향해 달려갔다. 장마가 끝나고 해밀턴엔 창창한 앞날이 찾아왔건만, 바르의 앞날엔 반대로 먹구름이 피어나고 있었다.

Chapter 7.
뜻밖의 방문

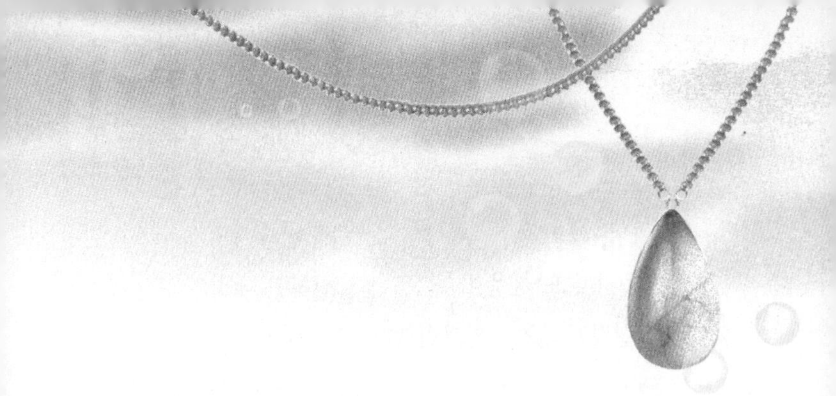

1.

"진짜 자르실 건가요?"

보석 사인방의 지칠 줄 모르는 체력 덕분에 바율과 마족들은 순식간에 산에 올랐다. 아몬이 던져 준 나뭇가지를 서로 갖겠다며 녀석들이 어찌나 왈왈 짖어 대는지, 바율은 이러다 뒷산 전체가 무너지는 것은 아닌가 걱정이 될 정도였다. 재스퍼와 루비는 멀리 떨어져서 오붓하게 둘만의 시간을 보내고 있었다.

"그냥 하시는 말씀이죠?"

"뜬금없이 뭔 소리야?"

"바르 팔 말입니다. 아몬이 말하길 조만간 자를지도 모른다고…….”

“아아, 그거?”

떠올리니 또 짜증이 난 듯 심드렁하던 데스의 표정이 대번에 신경질적으로 일그러졌다.

“생각 중이야. 감히 나를 갖고 놀아도 유분수지, 먹는 걸로 장난을 쳐? 쓸모없는 놈! 그딴 놈은 그냥 요리를 관두는 게 나아.”

“에이, 장난이라니요. 바르는 목숨 걸고 하는 것 같던데요?”

“목숨은 무슨.”

“열심히 한다고 하는데 아직은 결과가 조금 기대에 못 미칠 뿐이에요. 너그럽게 기다려 보세요. 곧 다시 좋은 소식이 있겠죠.”

바율은 어떻게든 피를 보는 사태만큼은 막고 싶었다. 하지만 데스는 아닌 듯했다.

“그 자식은 틀렸어. 옆에서 고대로 따라 하는데 왜 맛이 달라? 똥손도 정도가 있지, 애초에 그런 놈이 요리사가 된 것부터가 문제야.”

녀석만 믿고 마계에 복귀했다가 입맛만 버렸다. 이전에는 그딴 걸 대체 어떻게 먹었던 건지 도저히 모를 일이었다. 리타의 음식에 길들어져 버린 게 문제라면 문제였다.

“리타가 애쓰고 있으니 잘 해결될 겁니다. 조금만 더 인내심을 가져 보세요.”

“여기서 인내심을 어떻게 더 발휘해? 바르 그 자식을 여태 살려 둔 것만으로도 엄청나게 참고 있는 거거든?”

그깟 요리 좀 못한다고 수하를 죽인다는 겁니까?

바율로서는 상상도 할 수 없는 일이었지만, 상대는 마족이었다. 이미 팔 한 짝을 잘라 버린 전적이 있는 그가 아닌가. 충분히 그러고도 남았다.

“왜 마계에는 리타 같은 인재가 없는 거야!”

어느새 마계에는 없는 뛰어난 인재로 등극한 리타였다.

“스카우트라도 하고 싶은데, 안 되겠지?”

“…스카우트요?”

“어, 리타를 꾀려면 어떤 방법이 좋을까?”

“그러니까 지금, 우리 리타를 마계로 데려가고 싶다는 말씀을 하시는 건가요?”

끄덕끄덕.

“리타가 제게 동생 같은 존재라는 거, 알고는 계시죠?”

“그랬어?”

“네, 매우 소중한 사람입니다.”

“하긴, 그렇게 맛있는 음식을 매일 해 주는데 소중할 수밖에 없겠지.”

데스는 정말이지 격하게 공감했다.

사실 말을 안 해서 그렇지, 그는 한때 리타를 납치할 계획을 꾸미기까지 했었다. 하지만 인간은 오래 살지 못한다. 해서 바르 녀석에게 요리를 배우게 한 것인데, 영 발전이 없으니 환장할 노릇이었다.

"리타는 건드리지 마세요. 절대 안 됩니다."

데스의 검은 눈동자가 리타에 대해 말하는 순간 붉은빛으로 일렁였다. 리타를 향한 그의 야망(?)을 본능적으로 알아챈 바율은 사뭇 진지하게 경고했다.

"건드리면 날 패기라도 할 기세네?"

"소중한 사람을 지키기 위해서라면 못할 것도 없습니다."

"호오, 너한테 이런 면도 있었나? 뜻밖이야."

샌님처럼 굴기만 하던 바율이 정색하며 말하자 꽤 신선하게 느껴졌다.

"그래, 암. 그래야지. 그 네 녀석을 모두 정령왕으로 만들려면 이 정도 기개는 있어야지."

"리타는 포기하시는 겁니다?"

"집요하기까지 하네. 알겠어. 안 건드려. 누구 좋으라고 내가 인간을 건들겠어? 드래곤이랑 엮이는 건 나도 사절이야."

물론 붙으면 이길 자신은 있지만, 그래도 드래곤은 데스에게도 굳이 나서서 부딪히고 싶진 않은 존재였다. 리타의 음식을 계속 먹기 위해서라도 조용히 지내는 것이 이로웠다.

"말이 나온 김에 한 가지만 여쭤봐도 될까요?"

"로즈! 크리스탈!"

그때, 보석 사인방 중 둘이 무단이탈을 감행했다. 그에 재스퍼가 힐긋 돌아봤지만, 이내 아몬의 손에 목덜미가 잡힌 채 끌려오는 두 자식들을 보고는 다시 루비에게 집중했다.

"아몬 저 자식은 새끼들에게 완전 푹 빠진 것 같군. 질문이 뭔데?"

데스가 잘린 나무 둥치에 엉덩이를 붙이고 앉으며 물었다.

"실례가 되는 질문일 수도 있습니다."

"그럼 말을 꺼내지 말았어야지."

"…라노스, 라이의 친부에 관한 것입니다."

"그 미친 드래곤? 그놈이 뭐?"

데스의 인상이 살짝 찌푸려지긴 했지만, 다행히 계속 물어봐도 될 것 같은 분위기였다. 바율은 그의 기분이 상하지 않길 바라며 이전부터 궁금했던 것에 대해 말했다.

"드래곤과 마족의 사이가 그리 좋지 못하다는 건 익히 알고 있습니다. 그런데, 라이를 보면 그 점을 감안해도 반감이 지나친 것 같아서요. 혹시 녀석의 아버지와 관련이 있는 겁니까?"

"그게 왜 알고 싶은 건데?"

"제 친구의 일이니까요."

뭔가 복잡한 사연이 있는 것 같은데 일라이가 말을 하지 않으니 알 방도가 없었다. 당연히 오늘 데스에게서 사건의 전말에 대해 듣는다고 해도 일라이에게 아는 척할 생각은 없었다.

바율은 그저 일라이가 왜 그토록 괴로워하는지 그걸 알고 싶었다. 그래야 자신이 언제고 도움이 될 수 있을 테니까.

"후우, 뭐부터 얘기를 해야 하려나?"

오백 년도 더 전에 일어난 일이지만 데스는 여전히 생생히 기억하고 있었다. 얽히고 꼬여서 마계와 드래곤이 공조를 할 수밖에 없었던 뭣 같은 상황.

그 시작을 연 것은 레드 드래곤, 라노스였다.

"놈은 유달리 자기 제어를 못 하는 편이었지. 레드 일족이 원래 좀 불같은 성질이 있긴 하지만, 라노스는 훨씬 심했다. 광기에 서려 날뛰었으니까. 그 광기가 얼마나 대단했

냐면 당시 서열 9위였던 마족까지 끌어들일 정도였어. 그 놈 역시 들끓는 피를 주체하지 못하고 있었거든. 마계에는 종종 그런 또라이들이 있지. 아무튼, 그때 라노스의 광기에 휩쓸린 마족의 수가 놈을 포함해서 백이 넘었다."

그 정도로 그 당시 라노스는 제정신이 아니었다. 보이는 것은 무조건 도륙하고 무너뜨려야만 끓어오르는 기운을 겨우 잠재울 수 있었다.

거기에 고위 마족까지 합세했으니 인간계가 쑥대밭이 된 건 너무나 당연한 결과였다.

"우리도 드래곤도 그냥 두고 볼 수가 없었다. 대륙이 멸망하기 전에 해결을 봐야 했지."

"그래서 이사장님과 데스가 직접 나섰던 겁니까?"

"드래곤이 마족을, 마족이 드래곤을 죽일 순 없으니까. 그거야말로 양측에 전쟁을 선포하는 것이나 마찬가지잖아?"

그러니까 상호 합의하에 라예가르는 라노스를 처단하고, 데스는 마족을 처리했다는 뜻이었다.

그 사건으로 데스의 숨겨진 실력이 알려지면서 서열 순위가 엄청나게 올라가게 된 것이기도 했다. 그리고 일라이는 자신이 친부를 죽인 원수의 손에 자라났다는 걸 나중에서야 알게 된 것이고.

마지막 남은 레드 일족인 일라이를 살리기 위해 라예가르가 천 년의 수명을 걸었다는 대목에서 반전이 있긴 했지만, 그전까지만 해도 일라이는 자신의 양부를 증오하고 또 증오했다.

"제 짐작이 맞는다면…… 이사장님이 라이를 계속 자극하는 것도 일종의 훈련 같은 건가요? 친부인 라노스처럼 광기에 휘말리지 않도록 말이에요."

"그걸 왜 나한테 물어? 그쪽 일은 그쪽이 알아서 하겠지."

"그럼 다른 질문이요. 라이의 친부가 죽은 것은 오백 년도 더 지난 일인데, 어째서 녀석은 아직 176살밖에 안 된 거죠?"

백 세가 넘는 나이를 '밖에'라고 표현하는 게 어이없었지만, 바율은 그보다 적당한 단어를 찾을 수가 없었다.

"부화를 늦게 한 거지."

"부화요?"

"드래곤은 알을 낳거든. 듣자 하니 녀석을 살릴지 말지 원로원까지 열렸었다며. 논의하는 동안 부화를 막고 있었을 거야. 태어나고 나서 죽이는 것보다는 그게 편했을 테니까."

"…논의를 참 길게도 하네요."

"우리 같은 족속들에게 사오백 년쯤은 큰 의미가 없거든."

수천 년을 살아가는 그들에게 수백 년은 찰나일 뿐이었다.

"라이는 어쩌면 그것 때문에 마족을 원망하고 있을지도 모르겠네요. 그들이 엮이지만 않았어도 친부가 살 수 있었다고 생각할 테니까요."

"글쎄. 그때 내가 봤던 상태로는 영 가망이 없던데."

뭘 잘못 주워 먹었는지 이지까지 완전히 상실해서 날뛰는 모습이 도저히 두고 볼 수가 없을 정도였다. 그래서 죽음 말고는 녀석을 막을 방도가 없었다.

"드래곤이 자기 수명을 걸었다는 건 정확히 무슨 의미인가요?"

"그 말 그대로야. 정해진 수명보다 덜 살겠다는 뜻이지. 라예가르가 그랬다는 건 상당히 의외였어. 아무 연고도 없는 헤츨링 하나를 살리기 위해 그런 거래까지 하다니. 다시 보는 계기가 되었지."

"그래도 이사장님께는 아직 남은 시간이 많겠죠?"

명색이 드래곤인데 천 년을 제한다고 해도 수명이 넉넉할 것이다. 그 안에 두 부자의 사이가 원만히 해결되었으면 하는 게 바율의 간절한 바람이었다.

"……."

그러나 데스는 대답하지 않았다. 그도 확실하게는 아는 것이 없었다. 다만 고룡인 라예가르의 삶이 그리 많이 남지 않았음은 어렴풋하게 느낄 뿐이었다.

"질문 끝났으면 이제 그만 내려갈까? 슬슬 배가 고파 오는데."

리타의 아침 식사가 그들을 기다리고 있었다. 그 생각을 하니 데스의 표정이 금세 밝아졌다. 바율은 그가 좋아할 만한 얘기를 하나 더 해 주었다.

"장마가 끝난 걸 기념하기 위해서 축제를 열기로 했습니다."

"축제?"

"네, 캐링스턴에서 야시장에 갔던 거 기억하시죠?"

"당연히 기억하다마다. 내가 두 번째로 좋아하는 장소인데 잊을 리가 없지. 축제라는 게 그 야시장 같은 건가?"

역시나 데스가 대번에 흥미를 보였다. 잘하면 바르의 팔을 자르겠다는 등 살벌한 말은 당분간 나오지 않을 것 같았다.

"무상으로 많은 음식들이 풀릴 겁니다. 도시로 나가서 자유롭게 구경하며 드실 수 있을 거예요."

"오오! 언제부터야? 공짜니까 먹고 싶은 만큼 전부 먹어도 되는 거지?"

"그럼요. 마음껏 드셔도 됩니다. 늦어도 아마 이삼일 내로는 시작할 겁니다."

"좋았어! 해밀턴에 오면 먹을 게 줄어서 그게 좀 아쉬웠는데, 이참에 만회할 수 있겠군!"

벌써부터 의욕에 불타오르는 데스였다.

"어이, 아몬! 그만 가자!"

"재스퍼! 루비! 아침 먹으러 갈 시간이야!"

아침이란 말에 재스퍼의 두 귀가 쫑긋거렸다. 녀석이 루비의 얼굴에 코를 비비더니 바율을 향해 빠르게 달려왔다.

"왈왈!"

아버지의 뒤를 잇겠다고 보석 사인방도 열심히 뛰었다. 아침 산책이 제법 평화롭게 마무리되어 가고 있었다.

2.

일주일이 금세 지나갔다. 그사이 황도로부터 소식이 도착했다. 드디어 아버지께서 출정을 떠나시게 되었다는 전갈이었다.

폴스카 제국은 드와이어트 제국의 사악한 음모를 만천하에 공개했다. 십년전쟁을 일으킨 것에 대해 반성하기는커녕 복수를 시도한 로이안 황제의 공작에 많은 대륙인들이 분노했다.

그래서인지 제국이 정식으로 도움을 요청하기도 전에 여기저기에서 란데르트 공작과 함께 싸우겠다며 지원군이 몰려들었다. 그와 함께 이참에 대륙의 평화를 깨뜨리는 드와이어트 제국을 완전히 처단해 버리자는 의견이 각국에서 쏟아졌다.

명분이 섰다.

폴스카 제국의 황태자와 란데르트 공작의 아들에게 칼을 들이민 죄. 그것에 대한 죗값은 전쟁으로밖에 받아 낼 길이 없었다.

란데르트 공작을 중심으로 연합군이 형성되었다. 드와이어트 제국 또한 만반의 대비에 들어갔다는 정보가 입수되었다.

하지만 누구도 공작이 질 거라는 생각은 하지 않았다. 반드시 대승해서 돌아올 거라는 데에 다들 전 재산을 걸 만큼 확신을 거듭했다.

그렇기에 해밀턴의 축제 분위기는 더없이 흥겨웠다. 비가 그쳤을 뿐인데, 영지민들의 얼굴이 활짝 피었다.

망가진 가옥을 수리하고 농토를 일구는 등 할 일이 태산같이 쌓였지만, 모두들 기꺼이 그 수고를 감수했다. 겨울이 오기 전에 서둘러 농작물을 재배하려면 시간이 촉박했기에게으름을 피울 새도 없었다.

바율은 바율대로 영지를 돌아다니며 정령들과 함께 많은 것들을 손봤다. 조금씩이나마 차분하게 도시가 정리되는 걸 보고 있으니 그렇게 뿌듯할 수가 없었다. 정령사가 되기를 정말 잘한 것 같다고 하루에도 수십, 수백 번을 생각했다.

"캬! 도련님, 이 빨래 냄새 좀 맡아 보세요! 해밀턴에서 이런 냄새 맡는 거 정말 오랜만이거든요!"

리타가 빨래를 개키다 말고 바율에게 가져왔다. 햇볕에 바짝 말려선지 확실히 평소와 다르긴 달랐다.

"그러게. 이런 느낌은 캐링스턴에서나 느낄 수 있었는데 말이야."

"그쵸? 헤헤, 이제 해밀턴도 변했어요! 지난 며칠간 조금 걱정했었는데, 이젠 안 해도 될 것 같아요!"

매일 아침 일어나 하늘부터 살피는 게 요즘 리타의 하루 시작을 알리는 신호나 마찬가지였다. 습관이 무섭다고, 아직도 비가 내리지 않는 도시가 어색할 때가 있었다. 적응을 하려면 아무래도 시간이 좀 필요할 것 같았다.

"참, 오늘 호슈에 아줌마가 특별 요리를 선보이시겠대요! 이제껏 아무에게도 공개하지 않았던 음식이래요. 근데 저와 바르에게 가르쳐 주시기로 했어요!"

"바르에게까지?"

"네, 바르가 좀 불쌍하다고 느끼셨나 봐요. 데스 씨가 요새 구박을 좀 해야 말이죠."

그건 리타 너도 만만치 않은 것 같은데.

하나 바율은 차마 속마음을 밖으로 꺼내지는 못했다.

"요즘 바르 보면 안됐어요. 아무리 요리에 재능이 없어도 그렇지, 어떻게 조금도 나아지는 게 없죠? 조만간 기도를 드리러 다시 가야 할 것 같아요."

"이번에는 전쟁의 신전으로 가야겠네?"

해밀턴에는 절망의 신전이 없으니, 갈 만한 곳은 그곳뿐이었다.

"왔다 갔다 해도 신들은 모르시겠죠?"

"훗, 신경이 좀 쓰이기는 하나 보지?"

"그럼요. 신들이 볼 때는 배신자나 마찬가지잖아요. 저라도 싫겠어요."

"꼭 배신자라고 여길 필요는 없어. 어느 신이든 그들을 믿는다는 건 다 똑같은 거니까. 이해하실 거야."

"그렇죠? 괜찮겠죠?"

"이번에도 리타의 기도발이 먹혀야 할 텐데."

그래야만 바르는 남은 팔을 안전하게 사수할 수 있었다. 축제로 많은 음식이 풀려 데스의 기분이 그나마 나아져서 다행이지, 아니었으면 벌써 사달이 났어도 났으리라.

"저만 믿으세요! 기필코 바르를 최고의 요리사로 만들 테니까!"

장마가 끝난 후로 리타에게 생긴 변화는 긍정적인 사고방식에 의욕이 넘친다는 것이었다. 뭘 해도 평균 이상으로 열성을 다해 임하는 통에 간혹 바율이 난감할 때가 있을 정도였다.

"근데요, 도련님. 그거 아세요?"

"응? 뭐?"

"비가 멎기 전날, 저녁쯤인가? 글쎄, 빗방울이 공중에서 잠시지만 멈췄었대요! 이렇게 딱! 눈앞에 말이에요!"

리타가 양손을 동글게 말더니 자신의 눈앞에다가 대었다.

"도련님은 이게 믿어지세요? 어떻게 비가 허공에서 멈출 수가 있어요? 말이 안 되지 않아요?"

"…그렇지. 그건 좀 말이 안 되는 것 같네."

"근데 더 어이없는 건, 이걸 본 사람들이 한둘이 아니라는 거예요! 에슬린도 봤다고 하던걸요? 제가 그때 주방에서 바르에게 요리를 가르치느라고 정신이 없을 때라서 못 본 게 너무 아쉬운 거 있죠!"

무슨 놈의 빨래가 그렇게나 많은지, 정리하는 내내 리타의 수다가 끊이지 않고 이어졌다.

"이건 그냥 제 생각인데요. 아마도 그게 비가 멈출 징조가 아니었을까요?"

"…징조?"

"네! 하늘도 너무했다 싶었겠죠. 솔직히 그간 해밀턴에 비를 얼마나 뿌려 댔어요? 비를 내리다 말고 마음을 바꾼 게 분명해요!"

"그래, 그럴 수도 있겠다."

사실은 그의 능력으로 비를 멈췄다는 걸 나중에 리타가 알게 되면 어떤 반응을 보일지, 슬슬 걱정이 되는 바율이었다.

거짓말을 했다고 화를 내진 않겠지?

더 큰 거짓을 만들어 내기 전에 자리를 피하는 것이 좋을 듯했다.

"바율 도련님, 손님이 찾아오셨습니다."

그때 마침 커닝 집사가 바율에게 방문객이 왔음을 전해 왔다.

"제게 손님이요? 올 사람이 없을 텐데요."

"나가 보십시오. 도련님께서 아주 반가워할 분들입니다."

'분들?'

그건 손님이 한 명이 아니라는 뜻이었다.

"거봐요, 도련님! 제가 장마가 끝나면 반가운 손님이 오실 거라고 했잖아요. 제 말이 맞죠?"

그냥 우연의 일치겠지.

하지만 바율은 이번에도 말을 아끼고 서둘러 밖으로 나가 보았다. 누가 왔다는 건지 솔직히 퍽 궁금했다.

"바율!"

"…에이단?"

뜻밖에도 해밀턴을 찾아온 건 에이단이었다. 녀석이 손을 있는 힘껏 흔들며 바율에게 인사했다. 한데 그런 녀석의 옆에는 일라이와, 로건, 퀸까지 함께였다.

"너희들이 해밀턴에는 어쩐 일이야? 연락도 없이 한꺼번에 무슨 일로 왔어?"

생각지도 못한 친구들의 등장 탓이었을까. 바율은 인사도 까먹은 채 질문부터 해 댔다.

"야! 넌 우리가 반갑지도 않냐?"

"어째 기뻐하는 기색이 요만큼도 없지?"

"우리 그냥 다시 돌아갈까? 괜한 발걸음 한 것 같은데?"

"앗! 아니, 아니야! 내가 너무 놀라는 바람에 정신이 없어서 그랬어. 반가워! 당연히 반갑지! 서운하게 했다면 사과할게. 미안!"

바율은 에이단과 일라이가 연달아 내던지는 말에 그제야 자신이 무례했음을 깨닫고 친구들을 서둘러 안으로 안내했다. 아무리 놀랐어도 기쁘게 맞는 게 우선이었는데. 뒤늦은 후회가 몰려왔다.

"자식, 진작 그럴 것이지. 여기가 바율 네가 태어나고 자란 해밀턴이란 말이지? 성이 엄청나게 크다!"

"내 레어에 비하면 보잘것없지만, 이만하면 썩 훌륭한 편이네."

"이 자식, 자기 정체를 밝혔다고 요즘 너무 막말하는 거 같지 않냐? 그래 봤자 주말 알바생 주제에 말이야."

일라이는 여전히 가난한 모범생이라는 자신의 '설정'을 지키기 위해 고군분투(?) 중이었다. 그러나 드래곤이란 신분이 탄로 난 이후로는 더 이상 말까지 가려서 하지는 않았다. 덕분에 입만 열면 잘난 척을 일삼는 통에 쥐어박고 싶을 때가 한두 번이 아니었다.

"어맛! 도련님들 오셨어요?"

빨래를 한 아름 들고 가던 리타가 친구들을 발견하고 꾸벅 몸을 숙여 인사했다.

"리타, 여기서 보니까 더 반갑다! 잘 지냈어?"

"그럼요! 이제 장마도 끝났는걸요? 오시면서 다들 보셨죠? 날씨가 엄청나게 화창해요! 이런 날씨가 얼마 만인지 모르겠다니까요!"

네 명의 친구가 그 대목에서 일제히 바율을 돌아봤다.

'네 짓이지?'

'바율, 네가 한 거지?'

'이노센트가 그렇게까지 성장한 거냐?'

바율은 고개를 살짝 끄덕이며 인정했다. 친구들에게 우중충한 해밀턴이 아니라 맑게 갠 고향의 하늘을 보여 줄 수 있어서 새삼 다행이란 생각이 들었다.

"너희들, 뭐냐?"

그때 막 청소를 마치고 계단을 내려오던 데스가 친구들을 보고는 멈칫했다. 그런 그의 표정이 대번에 일그러졌다.

"오늘 호슈에 아줌마가 특별 요리를 준비한다고 하던데, 설마 그게 너희 때문이었던 거야?"

"특별 요리요?"

"그래! 여태 한 번도 선보이지 않았던 비장의 음식이라고 했다고!"

치밀어 오르는 짜증에 데스가 저도 모르게 버럭 소리를 지르자 리타가 한달음에 달려와 데스의 등짝을 내리쳤다.

퍼억!

"데스 씨! 도련님 친구분들에게 그게 무슨 말버릇이에요? 멀리서 도련님을 뵙고자 찾아오신 분들인데, 당장 사과하세요!"

"나보고 사과를 하라고? 지금 열 받은 게 누군데!"

"제가 옆에서 다 봤거든요? 인사도 없이 다짜고짜 화부터 냈잖아요!"

"그거야 먹을 입이 무려 네 개나 늘었으니까 그렇지!"

"네 분 도련님이 드시는 것보다 데스 씨 혼자서 먹는 양이 훨씬 많거든요? 아무리 못 배웠어도 그렇지, 사람이 염치라는 게 좀 있어야죠!"

"리타, 됐어. 우린 괜찮아."

데스가 먹을 것에 얼마나 집착하는지는 다들 너무나 잘 알고 있었다. 돌아가는 상황을 보니 오늘 뭔가 특별한 요리가 나올 모양인데, 하필 그런 날에 도착한 게 잘못이었다.

"빨래 때문에 바쁜 것 같은데 얼른 가 봐. 그러다 먼지 쌓일라."

더 큰 불화가 생기기 전에 에이단이 재빨리 리타의 등을 떠밀었다. 리타는 마지막까지 힐난의 눈초리로 데스를 쏘아보았지만, 다행히 얼마 가지 않아 포기했는지 일행에게 인사를 남기고는 사라졌다.

"그리고 데스, 우린 그 먹을 것에 관심 없으니까 안심해도 좋아요."

"애초에 마족 따위와 합석해서 먹을 생각도 없었어."

"그렇다면 다행이군. 그 약속 꼭 지키길 바라겠어."

데스가 살벌하게 일행을 일별하고는 획 돌아서서 가 버렸다.

"응접실은 이쪽이야."

친구들이 왔으니 이제라도 제대로 손님 대접을 해야 했다. 커닝 집사가 그새 지시를 내린 듯 화려한 다과가 테이블에 차려져 있었다.

"란데르트 공작 전하께서 출정하셨다는 소식 들었어. 바율, 너 괜찮아?"

"설마 그거 때문에 여기까지 온 거였어? 당연히 괜찮지. 난 또 무슨 일로 넷이서 나를 찾아왔나 했네. 걱정이 됐나 보구나? 고마워."

역시 녀석들밖에 없었다. 이렇게까지 자신을 생각해 주는 친구들이 있다는 건 아무리 생각해도 행운이고 복이었다.

"어서들 먹어. 기차 타고 오느라 힘들었지?"

"응, 좀 멀긴 하더라."

"엉덩이가 욱신거려."

"넌 별일 없었어? 비도 멈추게 하고, 한동안 엄청 바빴을 것 같다."

"나보다는 정령들이 애썼지. 요즘 내가 하도 부려 먹어서 거의 잠만 잔다니까?"

그래서 좀 미안하긴 했지만, 캐링스턴으로 떠나기 전까지는 녀석들의 도움을 계속 받아야만 했다.

"근데, 로건은 무슨 일 있었어? 아까부터 표정이 안 좋네. 말도 안 하고."

바율은 별 뜻 없이 물은 말이었다.

그런데 무슨 일일까?

어쩐지 로건뿐 아니라 다른 친구들까지 분위기가 영 이상했다. 서로 눈치를 보며 입술을 깨무는 모습들이, 뭔가 할 말이 있는 낌새였다.

"무슨…… 일이야?"

바율은 내심 긴장하며 조심스럽게 물었다.

"실은…… 할 말이 있어서 왔어."

"할 말?"

"응, 내가 할 건 아니고……."

에이단이 슬쩍 로건을 바라보았다.

바율만 모르는 그 날의 진실.

사실 오늘 친구들이 해밀턴을 방문한 건 바일의 죽음에 관한 진실을 바율에게 말하기 위해서였다. 혼자서는 힘들어할 게 분명한 로건을 위해 나머지는 함께 따라온 것일 뿐, 직접 입으로 옮겨야 할 사람은 로건이었다.

"바율."

한참을 망설이던 로건이 드디어 입을 뗐다. 그리고 바일이 강물 속으로 영원히 빨려 들어갔던 그 날에 대해 한 치의 거짓도 없이, 사실만을 있는 그대로 말하기 시작했다.

3.

"저 둘, 저대로 두고 나와도 괜찮은 건가?"

로건의 말이 시작된 후부터 바율은 아무 말도 하지 않았다. 주먹을 꽉 그러쥔 채 굳은 얼굴로 로건을 바라보기만 할 뿐이었다.

여기까지 함께 오긴 했지만, 친구들이 나설 수 있는 상황은 아니었다. 바율의 눈빛이 흔들리는 것을 직접 보고 있는 것만 해도 힘들었다.

2년 만에 진실을 털어놓는 로건도 힘들긴 마찬가지겠지만, 형의 죽음을 다시금 끄집어내야 하는 바율의 속은 그들이 상상할 수 있는 수준이 아닐 것이다.

그건 얼마 전 자신의 생사에 관한 비밀을 처음으로 알게 된 일라이가 가장 잘 알았다.

어떤 사실이든, 행여 그것이 괴로운 일이라 할지라도 진실을 안다는 것은 중요했다. 받아들이는 건 시간의 문제일 뿐, 바율은 언젠가 이제라도 얘기해 준 로건에게 고마워할 터였다. 자신이 세라리카 교수에게 그러했던 것처럼.

"이제라도 다시 들어가 봐야 하는 거 아니야?"

일라이가 눈짓으로 나오라고 해서 따라 나오긴 했는데 에이단은 안의 상황이 영 불안했다. 믿었던 친구에 대한 배신감을 녀석이 어떻게 견뎌 낼지 걱정이었다.

"우리가 거기서 뭘 할 수 있는데?"

"꼭 뭘 해야만 하냐? 조용히 옆에서 손도 잡아 주고 하면 좋잖아."

"네가 손잡아 주면 죽은 바율 형이 살아 돌아오기라도 한다니?"

"아 씨, 라이 넌 무슨 말을 그따위로 하냐? 위로를 하겠다는 거잖아! 바율 저 녀석 울다가 실신이라도 하면 어쩔 건데? 그땐 네가 책임질 거냐?"

"안 울어. 그건 염려 마."

일라이의 확신에 잠자코 있던 퀸이 고개를 끄덕여 동의를 표했다.

"뭐야? 바율이 진짜 안 울 거라고? 저 연약한 녀석이 말이야?"

"눈물 정도는 흘릴 수 있겠지. 그렇지만 실신할 정도로 울진 않을 거야."

"왜 그렇게 확신하는데?"

"로건이니까."

"뭐?"

"바율 성격 모르냐? 그 녀석이라면 이런 와중에도 로건을 생각할 거란 말이다. 자기 자신도 힘들지만, 지금껏 힘들었을 친구를 모른 척하기엔 바율은 너무 착해."

"그래서 애써 참아 내겠지."

퀸도 그렇게 예상했다. 바율이 어떤 말로 로건을 용서할지는 모르겠지만, 이 일로 로건과의 사이가 틀어진다거나 하는 일은 벌어지지 않을 것이다. 그러기엔 둘 사이가 너무 끈끈했다.

"바율과 로건이 함께한 세월을 얕잡아 보지 말자고. 우린 같이 와 준 것으로 할 일은 다 했어. 이제는 얌전히 기다리는 게 둘을 돕는 거야."

라예가르가 자신을 살리기 위해 천 년의 수명을 걸었다는 걸 알게 된 날. 말은 안 했지만, 자리를 피해 준 친구들이 진심으로 고마웠었다.

덕분에 오랜만에 양부와 허심탄회하게 얘기를 나눌 수 있었고, 펑펑 우는 모습을 들키지도 않았다.

"그리고 장담하는데 우는 건 아마 로건일 거다. 얘기를 마치고 나면 오열하겠지."

"로건 그 자식이 퍽이나 울겠다."

"내기할래?"

"갑자기 웬 내기?"

"자신 없나 보네."

일라이가 피식 웃자 에이단이 발끈했다.

"자신이 왜 없냐? 해! 하자! 하면 될 거 아니야!"

"좋았어. 이따가 로건의 눈이 얼마나 부었는지 확인해 보자고. 10쿠나 어때?"

일라이의 제안에 에이단이 어처구니없다는 표정을 지었다.

"이 드래곤 자식 좀 보게! 레어에 가면 깔린 게 금은보화라면서, 친구한테 삥을 뜯으려고 해? 너 너무하는 거 아니냐?"

"가난한 모범생이 내 설정이라고 했지? 그리고 그렇게 말하는 걸 보니 질 것 같은가 보다?"

"…천만의 말씀! 그 자기 잘난 멋에 사는 놈이 오열할 리가 없어! 분명 밥맛없는 얼굴로 눈만 쫙 내리깐 채 미안하다고 하겠지. 10쿠나는 내 거야!"

"그럼 내기한 거다? 퀸, 네가 증인 서."

"기꺼이."

증인을 선다고 돈이 들어가는 것도 아니었다. 퀸은 쾌히 손을 들어 승낙했다.

"후후, 10쿠나 벌었네."

"그건 내가 할 소리거든."

"외상은 사절이다."

"너나 지갑 관리 잘하셔."

에이단과 일라이가 서로의 어깨를 툭툭 쳐 가며 실랑이를 벌일 때였다. 갑자기 어디선가 개 짖는 소리가 들려왔다.

"컹컹! 컹컹컹!"

소리의 주인공은 재스퍼였다. 녀석이 엄청난 위압감을 뽐내며 그들을 향해 달려왔다.

"왈왈왈! 왈왈!"

그 뒤를 보석 사인방이 짧은 다리를 열심히 움직여 가며 따라오고 있었다. 평소와 다른 점이라면 성내 식구들에겐 언제나 재롱 피우기 바쁘던 녀석들이 몸을 부풀리며 경계 태세를 취하고 있다는 것이었다.

마치 '너희들은 누구인데 감히 허락도 없이 우리 영역을 침범한 것이냐!' 하고 따지는 듯했다.

"오호! 네가 재스퍼구나?"

가드견인 재스퍼의 덩치는 보통 개보다 족히 두세 배는 더 컸다. 하지만 에이단이 누구던가. 녀석은 바르도 인정한 재능 있는 테이머였다.

에이단이 겁을 먹기는커녕 당당하게 재스퍼에게로 다가갔다.

"나는 에이단이라고 해. 네 주인인 바율의 친구란다. 이 녀석들이 네가 부인으로 데려왔다던 루비에게서 낳은 자식들이구나? 이름이 시트린, 로즈, 스모키, 크리스탈이라고 들은 것 같은데, 맞지?"

"…컹?"

"어떻게 알기는, 바율이 말해 준 거지. 우리 셋 모두 바율의 친구라니까?"

"컹!"

"너 의심이 좀 많은 편이구나?"

에이단이 안 되겠다며 손을 뻗었다.

"자, 한번 맡아 봐. 방금 바율이랑 얘기하고 오는 참이거든. 어때? 진짜지?"

에이단의 냄새를 맡은 재스퍼의 고개가 한쪽으로 기울어졌다. 바율의 친구라고는 하는데 본 적이 없으니 헷갈린 모양이었다.

"재스퍼, 거기서 뭐 하니?"

그때 구원자가 나타났다. 리타가 이번에는 빨래가 아니라 걸레를 손에 든 채 등장했다. 근처를 지나가다가 들른 모양이었다.

"어? 도련님들 여기 계셨어요?"

"리타, 마침 잘 왔다! 재스퍼가 내 말을 못 믿겠나 봐. 바율 친구라고 소개했는데도 방어 태세를 안 푸네?"

"아아, 재스퍼는 가드견으로 훈련받아서 그래요. 요 녀석이 얼마나 똑똑한데요! 그렇지, 재스퍼?"

리타가 대견하다는 듯 재스퍼의 머리를 마구 흐트러뜨렸다.

"근데, 이분들은 진짜 도련님 친구분들이 맞아. 그러니까 경계하지 않아도 돼. 알았지?"

"컹컹!"

"바율 도련님과 진짜 친하신 분들이니까 실수하면 안 된다! 특히 너희 보석 사인방! 귀찮게 굴면 안 돼!"

"왈왈! 왈왈왈!"

재스퍼가 대답을 한 거라면, 녀석의 새끼들은 그냥 무작정 짖는 느낌이었다. 아직 어떠한 요구를 이해하고 받아들이기에 녀석들은 너무 어렸다.

"그럼 전 이만 가 볼게요. 이제 괜찮을 거예요."

"고마워, 리타."

"별말씀을요."

리타가 공손히 인사하고는 어디론가 빠르게 사라졌다.

"재스퍼, 이제 우리 믿겠어?"

"컹!"

"바율한테 네 얘기 진짜 많이 들었는데, 이제라도 만나게 돼서 반갑다!"

에이단이 용기 내어 다시 한번 다가가자 이번에는 재스퍼가 피하지 않았다.

"오, 리타 말이 먹혔나 보네."

"이 녀석 물건일세."

에이단이 테이밍을 걸었다면 아무리 재스퍼라고 해도 말을 듣지 않고는 못 배겼을 것이다. 하지만 지금이 위급 상황도 아니고, 바율의 가드견에게 그러고 싶지는 않았다.

에이단은 타고난 교감 능력으로 금세 재스퍼와 보석 사인방을 장악하는 데 성공했다. 동물들이 무엇을 좋아하는지 잘 아는 에이단에게 녀석들과 친해지는 것은 세상에서 제일 쉬운 일이었다.

"잉그리드―!"

그렇게 한참을 놀던 중이었다. 어디서 많이 듣던 목소리가 친구들의 고막을 깨웠다.

"…이노센트?"

"저 꼬맹이 자는 거 아니었어?"

어떻게 알았는지 저 멀리에서 이노센트가 잉그리드의 이름을 외치며 날아오고 있었다. 그 소리를 들었는지 에이단의 모자가 오랜만에 꿈틀거리며 잉그리드가 모습을 드러냈다.

"삐욕……?"

모자 속을 빠져나온 잉그리드의 까만 동공이 이노센트가 가까워질수록 점점 커졌다. 분명 목소리는 이노센트가 맞는데, 외양이 이전과 달라 놀란 것 같았다.

"꺄악! 잉그리드! 너무 보고 싶었어!"

잉그리드가 그러거나 말거나 이노센트는 반가움에 어쩔 줄을 몰라 했다. 녀석이 잉그리드의 주변을 빙빙 돌며 연신 기쁨의 환호성을 질렀다.

그 영향이 잉그리드에게까지 미친 것일까?

처음엔 당황하던 녀석이 여전히 전과 같은 이노센트의 행동에 안심하며 작은 날개를 파닥여 날아올랐다. 그러곤 격한 울음소리로 친구를 반겼다.

"그래! 잉그리드! 나라고! 나 중급 정령 됐잖아! 못 들었어?"

"삐욕!"

"네 주인은 그런 것도 안 알려 주고 뭐 했다니? 칫, 너무해!"

"삐욕! 삐욕!"

"중급 정령이 뭐냐고? 으음, 전보다 더 능력이 세졌다고 해야 하나? 모습도 이렇게 바뀌었잖아! 헤헤, 나 많이 컸지?"

이노센트는 자신의 변한 모습이 무척 마음에 든 눈치였다. 그녀가 어깨를 으쓱이며 빙그르 돌자 잉그리드가 갑자기 날갯짓을 멈췄다. 그러더니 예고도 없이 순식간에 몸체가 커져 버렸다.

"어어! 잉그리드, 왜 그래?"

일라이가 놀라서 소리친 반면, 에이단은 한숨을 푹 내쉬었다.

"요새 가끔 저러더라고. 흥분하면 조절을 못 해."

"자기도 모르게 막 커지고 그런다는 거야?"

"어, 그래서 진짜 진땀 난다니까."

이노센트가 성장한 것에 자극을 받은 듯 잉그리드가 커져 버린 몸으로 쿵쿵 뛰어 댔다.

"컹컹컹!"

"왈왈! 왈왈왈왈!"

그 탓에 얌전해졌던 재스퍼와 보석 사인방이 잉그리드를 에워싸며 미친 듯이 짖어 댔다. 난데없이 엄청난 크기의 새가 나타났으니 그럴 만도 했다.

잉그리드 때문에 바닥은 지진이라도 난 듯 흔들렸고, 이노센트는 평소 성격대로 녀석들이 짖거나 말거나 오랜만에 만난 절친에게 꺅꺅대기에 여념이 없었다.

"아오, 시끄러워."

"완전 난장판이네, 난장판이야."

문제가 발생한 건 그때였다.

"재스퍼! 왜 그렇게 짖어? 무슨 일인데 그래?"

조금 전 그들 앞을 지나갔던 리타가 갑자기 일어난 소란에 다시금 돌아온 것이다. 그런 그녀의 양손에는 물이 꽉 채워진 양동이가 들려 있었다.

"허걱! 어, 어쩌지?"

잉그리드를 보면 놀랄 게 당연했다. 무거운 양동이 탓에 아직은 시야가 바닥을 향해 있다는 것이 다행이라면 다행이었다.

"에이, 어쩔 수 없네."

잘못했다가는 충격으로 기절할 수도 있었다. 바울도 힘든 마당에 녀석을 보살펴야 할 리타가 그렇게 되는 걸 보고만 있을 수는 없었다. 일라이가 구시렁거리며 마법을 시전했다.

"일루……!"

"리타, 내가 들게!"

하나 그보다 한 박자 빠른 이가 있었으니, 바로 데스였다. 어느 틈에 나타났는지 데스가 리타에게서 양동이를 뺏으며 흑기사 노릇을 했다.

그런 그의 뒤로 흑의 장막이 펼쳐지며 순식간에 시야와 소리가 차단되었다.

"어라? 재스퍼가 어디 갔지?"

"저쪽으로 새끼들과 함께 뛰어가던데? 이건 어디로 가져가면 돼?"

"현관으로 가져다주세요. 도련님 신발에 흙이 너무 많이 묻었더라고요. 오늘 전부 닦아 내야겠어요."

"내가 도와줄까?"

"아니요! 데스 씨는 데스 씨 할 일이나 잘하세요. 도련님 신발은 아무나 만질 수 없다고요!"

그건 리타만의 특권이었다. 그녀가 도도하게 턱을 치켜들고는 획 데스의 곁을 지나쳤다.

"알았어. 같이 가!"

데스가 그 뒤를 양동이를 든 채 쫄래쫄래 따라갔다. 데스가 친 장막은 그들이 꽤 멀어지고 나서야 서서히 걷혔다. 쥐 죽은 듯이 고요하던 현장이 일순간에 다시금 왁자지껄 소란스러워졌다.

"야, 라이. 너 드래곤 맞냐?"

"뭐?"

"이런 것쯤은 너도 해결할 수 있는 거 아니었어?"

"당연히 할 수 있지. 저 마족 놈이 새치기한 거라고!"

"새치기? 데스가 너보다 실력이 좋은 게 아니고?"

"너 지금 나를 마족 따위와 비교하는 거냐? 말 다 했어?"

자존심에 상처가 나기라도 한 듯 일라이가 눈을 사납게 치켜뜨며 소리쳤다. 그에 에이단도 턱을 들고 맞서 대응하려는 찰나, 퀸이 끼어들었다.

"싸움은 나중에 하고, 일단 저 녀석들부터 처리하는 게 먼저인 것 같다. 이러다 또 누가 오지 않겠어?"

퀸의 말에 에이단과 일라이가 여전히 서로를 노려보며 동시에 허공에 대고 외쳤다.

"잉그리드! 그만 이리 와!"

"꼬맹이! 너도 시끄러우니까 조용히 좀 해!"

"흥! 무슨 상관이래?"

잉그리드가 에이단의 말에 순종하며 쿵쾅쿵쾅 달려온 반면, 이노센트는 일라이를 향해 혀를 날름거리고는 고개를 팩 돌렸다.

"어우, 저걸 그냥!"

"이노센트, 잉그리드가 흥분하면 안 되는 상황이거든. 놀려면 여기 말고 사람들 없는 곳으로 가는 게 어떨까?"

"퀸, 그래도 돼?"

"에이단도 허락할 거야."

퀸의 다정한 말씨에 이노센트가 기대에 찬 눈빛으로 에이단을 쳐다보았다. 녀석의 말간 눈동자를 보니 차마 안 된다는 말이 나오지를 않았다.

"한 시간만이야. 잉그리드, 조심해야 해."

잉그리드의 몸집이 커지면 에이단은 늘 불안하고 초조했다. 녀석이 그에 맞는 행동을 하지 못할뿐더러, 큰 덩치 덕에 사냥꾼이나 짐승들의 표적이 되기 십상이었기 때문이다.

"걱정 마! 내가 지켜 줄 거야!"

중급 정령이 된 후로 자신감이 넘치다 못해 흘러내리는 이노센트가 잉그리드의 호위를 자처했다.

"가자, 잉그리드! 내가 좋은 거 구경시켜 줄게!"

해밀턴은 캐링스턴만큼이나 재밌는 곳이 많았다. 이노센트가 신이 나서는 공중제비를 돌며 높이 날아올랐다.

"쿠우우!"

에이단의 가슴에 머리를 비비며 다녀오겠다는 인사를 한 뒤 잉그리드가 바닥에 커다란 발자국을 남기며 위로 솟구쳤다.

"컹컹컹!"

"왈왈왈왈!"

그때까지도 재스퍼와 보석 사인방은 열심히 본업(?)에 충실했다. 녀석들이 목청껏 짖으며 이노센트와 잉그리드를 쫓아 성내를 질주했다.

Chapter 8.
아버지에게로

1.

"어라? 애들 어디 갔지?"

밖에서 시간도 좀 때웠겠다, 세 친구들은 다시 바율과 로건이 있는 곳으로 돌아왔다. 이쯤 됐으면 대화가 어느 정도 끝났을 거라고 추측했는데, 정작 있어야 할 녀석들이 보이지 않았다.

"혹시 우리 찾으러 나간 건가?"

"그 정신에 우리를 찾는다고? 말이 되냐?"

"그럼 어디 간 건데? 애들이 갑자기 말도 없이 갈 데가 어디 있다고?"

둘만의 시간을 주기 위해 일부러 잠시 피해 줬던 것이지,

이렇게 사라지는 건 정말이지 예상 밖이었다.

"짐작 가는 곳이 한 군데 있기는 한데……."

퀸의 나지막한 발언에 에이단과 일라이가 어서 말해 보라는 듯 종용의 눈빛을 보냈다.

"…바일을 보러 간 게 아닐까?"

"바일을?"

"바일이 죽은 후로 이곳에 오는 건 오늘이 처음이라며."

"맞아, 로건이 그렇게 말했지. 나쁜 놈, 진즉에 왔어야지 이제 오면 어떡해?"

"그 소리는 이번을 마지막으로 그만해라. 녀석이라고 그동안 속 편하게 산 건 아닐 테니까."

말수가 적어 내색하지 않을 뿐, 로건의 성격이라면 이제 다들 알 만큼 알고 있었다. 무뚝뚝한 표정 뒤로 누구보다 바율을 걱정하고 챙기는 사람이 바로 녀석이었다.

"우리도 가 봐야 할까?"

"글쎄……."

"퀸, 네 생각은 어때? 그냥 기다려?"

"나보고 결정하란 거냐?"

"오늘은 네가 가장 이성적인 것 같아서."

조금 전까지만 해도 에이단과 일라이는 연신 아웅다웅하고 있었다. 아무래도 오늘은 퀸이 하자는 대로 해야 후회가 없을 것 같았다.

"나도 잘 모르겠는데. 둘만의 시간이 더 필요한 것 같기도 해서……."

"그럼 천천히 가 볼까?"

"장소는 아냐?"

"리타나 누구에게 물어보면 알지 않겠어? 강가에서 난 사고라고 했으니 그쪽으로 가다 보면 나오겠지."

여기서 가만히 기다리고만 있는 건 그들의 성격과는 영 맞지 않았다. 먼저 간 모양이니 이제라도 따라가 만난다면 둘만의 시간도 부족하지는 않을 것이다.

"일단 가 보자."

퀸을 선두로 에이단과 일라이도 재차 빠르게 방을 나섰다.

2.

퀸의 짐작은 반은 맞고 반은 틀렸다. 로건의 이야기를 다 듣고 난 후, 바율은 속이 갑갑해서 도저히 그대로 앉아 있을 수가 없었다.

갑작스레 벌떡 일어나는 바율을 로건이 눈물을 그렁그렁

매단 채 슬프게 올려다보았다. 더는 자신과 함께 있을 수 없어 자리를 피하는 것이라고 생각했다.

"네가 앞으로 날 보지 않아도 이해할게…… 나를 보는 게 정 괴로우면 아카데미도 그만둘 수 있어. 란데르트 공작 전하께는 돌아오시면 따로 찾아뵙고 말씀드릴 생각이야. 염치없지만 이제라도 용서를 빌고 싶어."

"로건, 무슨 소리야? 내가 널 보지 않는다니?"

"아니, 난……."

"우리가 친구로 지낸 세월이 얼만데! 물론 지금 너무 당황스럽고, 화도 나고, 충격적이긴 해. 그렇지만 그 어디에도 너를 다시 만나지 않을 거란 생각은 없어."

"바율……!"

"그냥 여기 있으려니까 숨이 막혀서…… 그래서 나도 모르게 일어난 거야. 뭘 어떡해야 할지 몰라서…… 너한테 뭐라고 얘기해야 할지 몰라서……."

2년 만에 몰랐던 진실을 알게 됐다. 실은 처음 물에 빠졌던 건 자신이 아니라 로건이었고, 자신은 그런 로건을 살리러 강에 들어간 것이었다. 그러다 둘 다 위험에 처했고, 뒤늦게 나타난 형이 둘을 구하고는 미처 뭍으로 올라오지 못했다.

로건의 설명을 다 듣고서도 바율은 아무것도 기억나지

않았다. 어렴풋이 뭔가 떠오를 법도 하건만, 여전히 그날만큼은 백지 상태였다.

로건은 무서웠을 것이다. 본인 때문에 형이 죽었으니, 그것도 공작가의 후계자가 죽었으니 겁이 안 날 수가 없었으리라. 그때 마침 자신이 기억을 잃었다고 하니, 자기도 모르게 거짓말을 한 것일 테고.

솔직히 원망스럽지 않다면 거짓말이었다. 지난 세월 동안 형을 죽였다는 죄책감으로 너무나 힘든 시간을 보냈다.

하지만 로건이 아주 이해가 안 가는 것도 아니었다.

녀석은 어렸고, 사태는 심각했다.

어린 시절부터 봐 온 만큼, 바율은 로건의 성격을 잘 알았다. 스스로의 거짓말 때문에 그간 살아도 산 것이 아니었을 게 분명하다. 죄책감과 괴로움에 그간 자신을 피했던 것이다.

"날 보는 게 두려워서…… 미안해서 그랬던 거지?"

"미안하다는 말로도 부족해. 어떤 말로도 용서받을 수 없다는 거 나도 알아. 어떤 벌이든 달게 받을 거야. 나는 그래야만 해."

진즉에 이랬어야 했다.

애초에 그런 추악한 거짓말을 하는 게 아니었다.

하지만 이미 지난 일이고 돌이킬 수는 없었다. 이제라도 어떻게든 책임을 지는 것이 로건이 할 수 있는 유일한 행동이었다.

"가자."

"…뭐?"

"형 보러 가자고."

"……!"

로건의 황금색 눈동자가 요동쳤다. 사실 그는 진실을 털어놓는 순간, 용서받기는커녕 해밀턴에서 쫓겨날 거라고 생각했다. 바율에게 그만큼 큰 죄를 지었으니 이곳에 있을 자격이 없었다.

"내가…… 가도 되는 거야?"

"바일이 기다릴 거야."

"…그럴 리가 없어. 나 때문에 그렇게 됐는데…… 내가 보고 싶을 리 없잖아."

"로건, 나 때문에…… 나로 인해…… 이런 말은 우리 이제 그만하자."

사실 그렇게 말하는 바율도 아직 벗어나지 못한 말이기도 했다. 하지만 이겨 내려고 노력 중이었다.

"아버지와 난 형의 죽음을 받아들이기로 했어. 그러고 나니까 마음이 한결 편안해지더라고. 가끔 형이 사무치게 그리워지면 보러 가기도 해. 그러니까 너도 가자."

"아니야, 난 그럴 자격이 없어. 내가 어떻게 거기를 가? 난…… 난 못 가."

"형 안 보고 싶어? 그립지 않아?"

그립지 않을 리가 있겠는가. 바율과 바일은 로건에겐 형제나 마찬가지였다. 어려서부터 피를 나눈 친형제보다도 더 통하는 게 있는 친구들이었다.

바율을 볼 때마다 바일이 생각난다.

햇살처럼 웃으며 자신의 이름을 불러 주던 녀석의 해맑은 얼굴이 떠올라 하루에도 수십 번씩 가슴이 내려앉는다. 죄인이기에 더욱 그러했다.

"표정이 말하고 있네."

로건이 다시금 오열하자 바율은 조용히 녀석의 등을 두드려 주었다. 갑자기 찾아온 그에게서 이런 폭탄 발언을 전해 들을 줄은 상상도 못 했다.

하지만 이미 듣게 되었고, 그런 이상 마음의 정리가 필요하다. 이런 상황에 바일을 찾아가는 것 말고는 더 좋은 방법이 떠오르지 않았다.

"용서는 내가 아니라 가서 형에게 빌어."

로건에겐 거부할 수 없는 말이었다. 사고가 나던 날 도망치듯 해밀턴을 떠나고 2년 만에 돌아왔다. 바일을 찾아가는 건 너무나 힘든 일이지만, 용서를 빌 기회를 놓치고 싶지는 않았다. 너무 늦은 걸음이었다.

3.

바율이 로건을 데려간 곳은 바일을 삼켜 버린 강가가 아닌 바일의 무덤이었다. 햇볕이 잘 드는 장소에 두 개의 봉긋한 묘가 나란히 자리하고 있었다. 어머니와 바일이 잠든 곳이었다.

"바일……!"

로건이 묘지 앞에 도착하자마자 무릎을 꿇고 눈물을 터뜨렸다.

평생 볼 로건의 눈물을 오늘 다 보는 기분이었다.

바율은 부러 아무 말 하지 않았다. 자신이 그러했듯 로건에게도 시간이 필요할 것이기 때문이다.

죄책감을 내려놓는 것은 굉장히 어려운 일이었다. 로건이 거짓말을 했다고는 하나, 바율에게도 여전히 일말의 책임은 있었다.

형이 돌아오길 기다렸다면 형은 로건만 물에서 건져 냈을 거고, 그랬다면 그렇게 많은 기운이 빠지지 않았을 것이다. 어쩌면 강물에 떠내려가지 않았을 수도 있다.

로건이 거짓말을 한 것은 잘못이지만, 자신도 일부는 원인을 제공한 셈이었다.

죄책감이란 이렇게 끝이 없었다.

'이랬으면', '저랬으면' 하는 온갖 망상이 떠올라 정신을 잠식하는 것. 그걸 이겨 내기 위해선 스스로 노력하는 수밖에 없었다. 바울도 이제 막 겨우 벗어나는 참이었다.

'로건…….'

녀석이 안쓰러웠다. 지난 세월 동안 홀로 얼마나 끙끙 앓았을까.

지난 기일에 형에 대한 죄책감을 많이 내려놓았던 덕에 바울은 자신보다 로건이 걱정이었다. 녀석이 언제쯤 그 고통에서 해방될 수 있을지, 친구로서 도와줄 수 있는 게 있다면 돕고 싶었다.

"우리도 왔다."

그렇게 얼마나 지났을까. 인기척이 들려 돌아보니 친구들이 보였다.

"우리도 인사해도 되겠지?"

끄덕.

바울이 허락하자 세 녀석이 일제히 무덤 앞으로 걸어가 경건하게 묵례했다. 그때까지도 로건은 흐느끼느라 친구들이 온 줄도 모르는 듯했다.

'어머니, 형…….'

언젠가는 어머니와 형에게 보여 주고 싶었던 친구들이었다. 충격적인 얘기를 들은 날이지만, 이런 순간이 왔다는 게 바율은 내심 감격스러웠다.

바율, 잘 지내고 있구나.

살랑살랑 불어오는 바람을 타고 어머니와 형이 꼭 그렇게 말하는 것 같았다.

4.

바율이 친구들과 성으로 돌아온 건 저녁 무렵이었다. 로건의 울음이 멎을 때까지 친구들은 말없이 차분하게 기다려 줬다. 그 와중에 10쿠나가 조심스럽게 에이단에게서 일라이에게로 넘어갔지만, 다행히 바율과 로건은 보지 못했다.

성에 도착하자 호슈에 아줌마가 준비한 진수성찬이 차려졌다. 아무런 내막을 알지 못하는 성내 식구들은 오랜만에 찾아온 로건을 마치 아들 반기듯 맞았다. 어려서부터 주기적으로 해밀턴을 방문하던 로건이기에 그를 알지 못하는 하인은 거의 없었다.

그렇다고 다른 친구들이 찬밥 신세가 된 것은 아니었다. 로건을 제외하고 바율의 친구가 해밀턴 성을 방문한 건 처음이었기에, 극진한 대접이 줄을 이었다.

그 덕에 데스만 입이 댓 발 나와서는 연신 투덜거렸다. 시종일관 먹을 입이 네 개나 늘었다는 말을 빠뜨리지 않고 해 대는 탓에 친구들이 눈치가 보일 지경이었다. 호슈에 아줌마의 특식을 나눠 먹은 것이 꽤 불만인 모양이었다. 중간에 일라이가 참지 못하고 버럭 하는 바람에 아주 잠깐 분위기가 살벌해지기도 했었다.

바율은 그런 데스를 위로하고자 특별 디저트를 주문했다. 먹는 것 때문에 받은 스트레스는 먹는 것으로 푸는 수밖에 없었다. 그리고 다행히 그 방법은 데스에게 아주 잘 먹혔다.

식후 디저트는 특별히 어머니의 초상화가 걸린 곳에서 다 같이 함께했다. 더 이상 골방이 아닌 곳에서 어머니를 뵐 수 있어 바율은 아버지에게 감사한 한편, 더할 나위 없이 기뻤다.

"이분이 네 어머니시구나. 엄청 미인이시다! 란데르트 공작 전하께서 미모에 반하신 것 같은데?"

"근데 어째 바율 너는 어머니를 하나도 안 닮았다?"

에이단의 농에 바율이 픽 웃음을 터뜨렸다.

"나보다는 이노센트가 어머니를 더 닮은 느낌이지?"

"어! 아까부터 그 얘기 되게 하고 싶었는데, 왠지 실례가 될 것 같아서 못하고 있었어. 나만 그렇게 생각하는 거 아니지?"

"그럼 너희 어머니께서 진짜 물의 정령왕인 다프네그란데이신 걸까?"

"데스, 뭐 아는 거 없어요?"

"디저트 먹는 거 안 보여? 말 시키지 마."

이제 조금씩 차올랐던 화가 가라앉는 중이었다. 그걸 눈치챈 바율이 데스는 건드리지 말라며 고개를 가로젓자 일라이가 들으라는 듯 '짜증 나!' 하고 크게 한마디 했다.

"초상화 속에 목걸이와 반지가 다 그려져 있네."

"응, 둘 다 어머니의 유품이니까. 그리고 참, 이사장님께 여쭤봤는데 이 목걸이도 태고의 신물이래."

"헐! 그것도 태고의 신물이라고?"

태고의 신물이라는 게 이렇게 막 자주 볼 수 있는 거였냐?

친구들의 표정이 딱 그랬다.

"어디, 자세히 좀 봐 보자! 목걸이까지 태고의 신물이라니, 대박이네!"

"근데 태고의 신물에는 저마다 독특한 힘이 숨겨져 있다며. 대양의 눈으로는 퀸이 살아났잖아. 여긴 뭐가 있대?"

"그건 이사장님도 잘 모르시는 눈치였어. 아, 그러고 보니 이 펜던트에는 다른 장치도 있는 것 같다고 하시더라고."

"장치?"

"응, 정확히 뭔지는 모르지만…… 그 비밀은 내가 찾아내야지."

목걸이를 쥔 바율의 손에 힘이 들어갔다.

이노센트가 들었다던 달콤하고 부드러운 목소리. 그 정체를 알아내면 어머니에 대한 실마리도 얻을 수 있을 것이다. 그때가 언제일지 기다려지기도 하지만, 조금은 두렵기도 했다.

"저기, 근데. 아몬. 저 뭐 하나만 물어봐도 되나요?"

"저한테 말입니까?"

아몬은 데스 곁에서 조용히 디저트를 먹고 있었다. 날씨가 갠 후 이해심이 남달라진 리타가 베푸는 호의라고 할 수 있었다. 바르는 주방에서 사투를 벌이느라 함께하지 못했다.

"미래를 어떻게 봐요?"

"……?"

"퀸이 살아날 거란 미래를 보고 데스가 온 거라면서요. 그때 우리 다 들었거든요. 아몬의 예언은 틀리는 법이 없다고 그랬었어요."

워낙 강렬했던 기억이기에 잊을 수가 없었다.

"계속 궁금했어요. 이참에 한 번만 더 미래를 읽어 주시면 안 될까요?"

"…어떤 미래가 궁금하신 겁니까?"

에이단이 바율을 힐긋거리더니 말했다.

"란데르트 공작 전하요. 출정을 떠나신 건 알고 계시죠?"

"물론 알고 있습니다."

"당연히 승리하고 돌아오시겠지만요. 그게 언제쯤일지, 아군의 병력 손실은 얼마나 될지 등 다 알 수 있는 건가요?"

"그런 거야 아몬에겐 별것도 아니지. 근데 그러면 너희는 뭘 내놓을 건데?"

디저트 한 접시를 말끔하게 해치웠다. 바삭하게 구워진 애플파이가 오늘따라 입에서 살살 녹는다. 데스가 포크를 소리 나게 탁 내려놓으며 에이단에게 물었다.

"왜? 돈이라도 내야 하나?"

일라이의 삐딱한 말투에 데스의 검은 눈동자가 일순간 붉게 변했다.

"우리 같은 마족에겐 돈보다 더 좋은 게 있지. 그게 뭔지는 굳이 말하지 않아도 다들 알고 있을 것 같은데."

"더러운 마족 새끼들! 우리보고 영혼이라도 팔라는 거냐?"

"아몬이 본인의 시간을 소비하는 대가로 얻어 내는 미래다. 예언을 하나씩 할 때마다 녀석에겐 일 년이란 시간이 줄어들지. 그런 것을 감수해야 할 만큼 가치 있는 일인가?"

"…시간이 줄어든다는 건, 수명이 준다는 뜻인가요?"

"그렇겠지?"

"헉! 그런 조건이 있을 거라고는 전혀 생각도 못 했습니다. 그냥 단순한 능력이라고만 여겼는데, 그게 아니었군요. 죄송해요. 그런 것도 모르고 무작정 부탁을 드려서……."

바율이 에이단을 대신해서 사과했다. 그러자 일라이가 코웃음을 치며 다시 끼어들었다.

"그깟 일 년이 무슨 대수라고! 수천 년을 사는 당신들에겐 아무것도 아니지 않던가? 저번에는 태어났으면 죽을 때까지 그냥 사는 거라면서, 왜 갑자기 아까운 척이야?"

"라이, 그만해."

"막말로 바율이 공짜로 재워 주고 먹여 주고 다 하고 있잖아. 당신들이 먹는 건 또 좀 먹어 대? 은혜를 입었으면 갚을 생각을 해야지, 하여튼 마족들이란 죄다 파렴치한 놈들뿐이라니까!"

"라이, 공짜 아니야. 다들 제 할 일은 하고 있어."

바율이 편을 들어 봤지만 소용없었다. 한번 열린 일라이의 입에선 봇물 터지듯 말이 술술 흘러나왔다.

"마력으로 청소하는 게 무슨 일이냐? 그리고 네가 말하지 않아도 나 다 보이거든? 아버지 걱정으로 지금 속이 타들어 가는 중이잖아. 아무리 란데르트 공작님이 대륙에서 제일 강한 기사라고 해도, 인간이야. 어떤 사고도 나지 않는단 보장이 없다고. 전쟁 나간 아버지 걱정 좀 덜어 보겠다고 부탁하는 건데, 역시 마족은 글러 먹었어. 먹을 것 때문에 널 이용만 하고 있잖아. 이참에 그냥 싹 정리하는 게 어때?"

요점은 그거였다. 어떻게든 데스 형제들을 몰아붙여 바율의 곁에서 떨어지게 만드는 것.

이렇게까지 막말을 해 댔으니 성질을 못 참고 덤벼 댈 것이 분명하다. 그때 사달을 만들어서 아예 마계로 돌아가게 할 작정이었다.

하지만 그건 일라이의 부푼 꿈일 뿐이었다. 언제나 사건은 예상과 다르게 흘러가는 법이었다.

“바율, 난 네가 아버지를 그렇게 걱정하는 줄 몰랐네. 말을 하지 그랬어.”

“아니에요, 데스. 걱정이 되는 건 사실이지만, 그런 조건이 있다는 걸 알고도 부탁할 만큼 염치없지 않습니다.”

사실 에이단이 물어보기 전까지는 미래를 점쳐 보는 건 생각지도 못한 일이었다. 아버지께선 당연히 무사히 살아 돌아오실 것이다. 그래야만 한다. 아버지를 믿고 기다리는 게 지금 바율이 할 수 있는 최선이었다.

“우린 그거면 돼.”

“…네?”

데스가 테이블을 향해 턱짓하며 말했다. 바율이 그 의미를 바로 깨닫지 못하고 고개를 갸웃하자, 그가 이번에는 확실하게 말했다.

“그 애플파이. 우린 그거면 된다고.”

“…그러니까 이걸 드리면 미래를 봐 주신다는 말씀인가요?”

“어, 아까부터 그럴 생각이었는데 이 자식은 말이 왜 이렇게 많은 거야? 헤츨링은 원래 다 그런가? 되게 시끄럽게 구네.”

“뭐, 뭐야?”

데스의 비아냥거림에 일라이의 얼굴이 와락 구겨졌다.

옆에 앉아 있던 에이단이 재빨리 녀석을 붙들며 진정시켰다. 미래를 봐 주겠다고 하는 이런 절호의 타이밍에 녀석이 발작이라도 하면 큰일이었다.

"드시죠."

황당해하는 바율을 대신해서 퀸이 자신의 애플파이를 기꺼이 데스에게로 넘겼다. 로건도 재빨리 자신의 것을 아몬에게로 밀었다. 둘 다 어째선지 디저트는 입에도 대지 않았다.

"아몬, 시작해 봐."

데스가 자신에게로 넘어온 애플파이를 사랑스럽다는 듯 내려다보았다. 그건 아몬도 비슷했다. 그가 만족스러운 거래라는 듯 입가에 미소를 띤 채 얘기했다.

"일단 놀라지 말라는 말씀을 먼저 드리고 싶군요."

"어떤 결과가 나오더라도 말인가요?"

"아니요, 제 모습을 보고 말입니다. 인간에겐 다소 흉측하게 느껴질 수 있거든요."

"몸의 형태가 변하신다는 뜻인가요?"

"그건 보시면 알게 될 겁니다."

꿀꺽.

괜히 긴장이 되었다. 어쩌다 보니 그들이 마족이란 사실을 자주 망각하며 지내 왔다. 아마도 이제 마주할 형체가 아몬의 진짜 본모습일 것이다.

"시작하겠습니다."

파핫!

아몬의 감겨 있던 눈이 처음으로 떠졌다. 그런 그의 눈은 전체가 흑색이었다. 흰자위가 없어선지 조금은 섬뜩하다는 느낌을 지울 수가 없었다.

그리고 그 순간, 아몬이 변하기 시작했다. 얼굴이 으스러지며 입 주변이 삐죽하게 점점 앞으로 튀어나왔다. 이윽고 그의 긴 머리칼이 마치 깃털처럼 변하더니, 어느새 새의 형상을 띠어 갔다.

"…까마귀?"

몸은 그대로인데 얼굴만 까마귀가 되었다. 온통 검은 빛깔 일색. 아몬의 충격적인 변화에 바율은 물론이고 다들 입을 쩍 벌린 채 말을 잇지 못했다.

그때 별안간 공중에서 책 한 권이 서서히 내려왔다. 두꺼운 서책은 아몬의 깃털처럼 새까맸는데, 거기서부터 이질적인 빛이 새어 나오고 있었다.

"이건 시간의 기록장입니다."

얼굴은 까마귀로 변했지만, 아몬의 목소리는 같았다. 그가 책을 펼치며 설명했다.

"미래가 적혀 있는 책이지요. 저만이 볼 수 있는."

아몬의 손이 여유롭게 페이지를 넘겼다. 저기 어딘가에 아버지의 미래가 쓰여 있다. 그제야 바율의 관심이 아몬의 얼굴에서 본래 목적 쪽으로 돌아갔다.

뭐라고 적혀 있을까.

분명 대승하고 돌아오신다고 쓰여 있겠지?

그래야만 했다.

탁!

아몬이 책을 덮자 시간의 기록장이 먼지처럼 사라졌다. 그리고 그의 얼굴 역시 순식간에 원래대로 돌아왔다. 일 년의 수명을 지불한 것치고 멀쩡해 보여서 다행이란 생각이 들었다.

"흐음."

그런데 무슨 연유일까?

아몬이 쉽사리 입을 열지 못했다. 안경 너머 감긴 그의 눈이 어떻게 말해야 할지 심각하게 고민하는 느낌이었다.

"왜 그러세요? 아버지께 무슨 안 좋은 일이라도 생기는 겁니까?"

바율은 덜컥 겁이 났다.

"설마 전쟁에서 패하시는 건 아니죠?"

그건 정말이지 상상할 수 없는 결과였다. 다행히 아몬의 고개가 가로저어졌다.

"전쟁은 승리합니다. 다만, 아군의 피해가 상당합니다."

"드와이어트 제국에서 만반의 준비를 하고 있다고 들었어. 거기도 살아야 할 테니, 저항이 만만치 않은가 보네."

바율을 위로하고자 꺼낸 말이었다. 하지만 그런 로건의 짐작은 틀렸다.

"그 때문이 아닙니다. 전쟁을 시작하기도 전에 대지진이 아군을 덮칠 겁니다. 피해를 최소한으로 막는 과정에서 란데르트 공작님이 부상을 당하게 됩니다. 그로 인해 전쟁은 늦춰질 것입니다."

"아버지께서 부상을 입으신다고요?"

바율에게서 새된 목소리가 흘러나왔다. 일전에 산사태를 막아 내시던 장면이 떠올랐다. 그때만 해도 괜찮으셨는데, 이번에는 아니란 말인가?

적과 싸워 보기도 전에 지진 때문에 막대한 피해를 입는다니, 이는 전혀 예상 밖의 일이었다.

'잠깐…… 지진이라고?'

바율의 머릿속이 번쩍했다.

대지진!

그래, 그걸 막아야 해!

아몬은 미래를 본 것이니, 아직 지진은 일어나지 않았다. 그것만 막으면 아버지도, 아군도 피해를 보지 않을 수 있다.

"아몬, 지진이 난다는 곳. 거기가 어디입니까? 지진은 언제 나는 거죠?"

"바율, 너 설마 거길 가려는 거야?"

"내가 가서 아버지를 도와야 해. 정령들이 해결할 수 있을 거야!"

바율은 이미 마음을 굳혔다. 아버지께선 절대 오지 말라고 하셨지만, 미래를 알고 나서도 가만히 있을 수는 없었다.

자신이 정령사라는 게 만천하에 드러난다고 해도 바율은 꼭 가야만 했다.

Chapter 9.
진정한 힘

1.

"죄송한 말씀입니다만, 지진을 막는 것은 불가능합니다."

당장이라도 출발할 것처럼 급히 몸을 일으키던 바율의 움직임이 뚝 멈추었다. 그가 긴장한 채 아몬을 향해 천천히 돌아섰다.

"지진을 막는 게 불가능하다니…… 그게 정확히 무슨 뜻이죠? 설마 정해진 미래는 바꿀 수 없다는 건가요?"

"그런 건 아닙니다. 그럼 애초에 제 능력도 별 쓸모가 없겠지요."

"근데 왜 막지 못한다는 겁니까?"

"세임이 아직 하급 정령이기 때문인가요?"

이해가 안 가기는 친구들도 마찬가지였다. 안 된다고 말하는 아몬의 말투는 단호하다 못해 확신이 서려 있었다.

"시간이 부족합니다."

"…시간이 부족하다뇨?"

"대지진이 일어나는 곳. 그곳으로 가기엔 이미 늦었다는 뜻입니다."

"그러니까…… 제시간에 당도를 하지 못한다는 말씀이세요?"

"그렇습니다."

바율이 무너지듯 소파로 주저앉았다. 잠시 잠깐 아버지를 도울 수도 있을 거란 희망에 부풀었었다. 지진이 일어날 것을 미리 알면서도 그걸 막을 수 없다는 사실에 바율은 그야말로 망연자실했다.

"대체 지진이 언제, 어디서 일어나는 겁니까?"

"여기서 먼 곳인가요?"

"드와이어트 제국과 국경을 맞대고 있는 안도라 왕국의 로만드시입니다."

"로만드시라면 항구 도시야. 여기서 아무리 빨리 가도 족히 일주일은 걸려."

에이단이 알고 있는 정보를 떠올리며 어림잡아 대충 말하자 기다렸다는 듯 로건이 물었다.

"지진이 일어나는 시각은요? 그건 언제죠?"

"…내일 오전 6시 경입니다."

불가능하다는 말의 의미를 비로소 깨닫는 순간이었다. 아무리 미래를 알고 있어도 막을 수 없다면 다 무슨 소용이란 말인가. 바울은 절망에 빠졌다.

"공간 이동."

그때 퀸이 데스를 향해 말했다.

"일전에 제가 죽었을 당시, 친구들을 데리고 공간 이동을 했다고 들었습니다. 이번에도 도와주실 순 없는 겁니까?"

"나보고 그곳까지 너희들을 전부 데려가 달라는 말인가?"

"혹시 거리가 멀어서 힘드신 건가요?"

"그럴 리가 있나. 내게 그 정도는 아무것도 아니지."

허세가 아니었다. 마신인 데스에게 그 정도는 정말 별거 아니었다.

"다만 그러고 나면 엄청 시끄러워질 게 뻔해서 말이야."

"시끄러워진다니요?"

"그건 저 녀석에게 물어봐."

데스가 가리킨 건 일라이였다. 그에 친구들이 일제히 일라이를 돌아보자 녀석이 당황한 기색을 보이더니 이내 차분하게 대꾸했다.

"짧은 거리라면 몰라도, 그런 장거리 이동을 하게 되면 엄청난 마력이 방출될 거야. 그러면 다들 알게 될 테고…… 당연히 가만히 있지 않겠지."

"다들이라는 게 혹시 드래곤들을 말하는 거냐?"

끄덕.

"너희도 알다시피 드래곤은 마족을 감시하는 임무를 부여받았어. 절대 그냥 지나치지 않을 거야."

"이사장님이 로드라면서? 이사장님께서 사정을 잘 설명해 주시면 다들 이해해 주지 않겠어?"

"이해를 해 준다고? 그들이?"

세상에서 그보다 웃긴 말은 들어 본 적이 없다는 듯 일라이가 조소했다.

"라노스의 자식이란 이유만으로 같은 드래곤인 나조차도 죽이려고 했던 자들이야. 라예가르가 나선다고 해서 얌전히 물러날 자들이 아니라고. 저자의 마력이 발현되는 순간 아마 벌 떼 같이 몰려들걸? 그 이후로는 별로 생각도 하고 싶지 않아."

원로원의 드래곤들을 다시 만날 걸 상상하자 일라이는 벌써부터 오금이 저렸다. 아직 어린 헤츨링인 그에게 그들과의 만남은 상당한 압박감을 불러일으켰다.

"라이, 너는? 너는 공간 이동 못 하냐? 너도 드래곤이잖아.”

“…….”

갑작스러운 에이단의 질문에 일라이가 시선을 회피했다. 대답은 그것으로 충분했다.

할 수 있었다면 진즉에 나섰을 것이다. 할아버지라고 놀림 받는 건 짜증 나도록 싫지만, 지금만큼은 성룡이 되지 못한 것이 한이었다.

“아 씨, 뭐야! 그럼 정말 방법이 없는 거야?”

에이단이 버럭 하자 녀석의 정수리에서 꾸벅꾸벅 졸고 있던 잉그리드가 잠에서 깨며 날개를 파닥였다. 낮에 이노센트와 뭘 하다가 왔는지 녀석은 내내 잠만 자는 중이었다.

“혹시 말이야.”

그 모습을 유심히 바라보던 로건이 조심스럽게 운을 뗐다.

“잉그리드를 타고 가는 건 어떨까?”

“뭐? 우리 잉그리드를 타겠다고?”

“방학 때 아카데미 담벼락을 넘기 위해 잉그리드를 탄 적이 있었다면서. 난 그때 없어서 얘기를 전해 듣기만 했지만, 가능하지 않을까?”

“오, 그래! 이 녀석을 타고 비행하면 내일 오전까지 도착할 수도 있겠는데?”

일라이가 '왜 이걸 진작 생각 못 했지!' 하며 손으로 자신의 무릎을 내리쳤다. 퀸과 바율도 기대를 안고 에이단을 응시했다. 그들은 잉그리드를 직접 타 본 전적이 있기에 당연히 가능할 거라고 여겼다.

하지만 어쩐지 에이단이 표정이 밝지 않았다.

"로만드시까지 가려면 밤새 날아가야 할 텐데, 잉그리드는 지금까지 그렇게 오랫동안 변한 채로 있었던 적이 없어. 녀석이 힘들어하지 않을까."

"변신수의 새끼다. 사흘 밤낮을 날아도 끄떡없을걸."

"잉그리드는 잠이 많은 편이에요. 변신수의 새끼라고 다 똑같지는 않을 겁니다."

"변신수가 어떤 놈들인지 모르니까 할 수 있는 소리다. 놈들의 진가를 한 번이라도 봤다면 그런 말은 입 밖으로 나오지도 않을 거야. 뭐, 이참에 저 녀석의 한계를 시험해 보는 것도 좋겠군."

데스의 말에 에이단의 눈빛이 갈등으로 흔들렸다. 녀석이라고 바율을 왜 돕기 싫겠는가. 단지 잉그리드가 힘에 부쳐 중간에 날지 못하는 상황이 오면 어쩌나, 에이단은 그것이 걱정되었다.

"에이단……."

바율은 간곡히 요청했다. 현재로선 잉그리드만이 유일한

방법이었다. 아버지의 부상을 막아 내려면 이 길뿐이었다.

"그래, 에이단. 지진으로 많은 병사들이 죽는다잖아. 그들을 살릴 기회야. 기사가 될 녀석이 사람을 구하는 걸 모른 척하면 쓰냐?"

"에이단, 나도 부탁할게."

에이단이 자신을 싫어한다는 걸 알고 있지만, 이번만큼은 로건도 가만히 있을 수 없었다.

란데르트 공작 전하께서 부상을 입는다는 건 그저 단순한 사고가 아니었다. 아군의 사기를 무너뜨리는 동시에 적군의 의욕까지 올리는 일이다.

전쟁에서 승리를 한다고는 하지만 손해가 클 게 자명하다. 만일 그 틈을 타서 타국에서 도발이라도 해 온다면 대륙은 또다시 암흑에 휩싸일지도 모른다. 이 모두를 막아 내려면 잉그리드의 도움이 절실했다.

"…언제 출발할 건데?"

결국 에이단이 수락했다. 녀석의 승낙에 기쁜 나머지 바율이 덥석 에이단을 안았다.

"고마워, 에이단! 내가 나중에 꼭 보답할게!"

"야, 야! 시간 없다면서! 바쁜데 왜 이래?"

"헐! 너 지금 얼굴 빨개진 거냐? 맨날 달려들기만 하다가 반대로 당하니까 부끄러운가 보지?"

일라이가 쿡쿡 웃으며 가세했다. 녀석이 바율과 에이단의 어깨를 양팔로 훅 끌어안으며 퀸과 로건을 불러들였다.

"너희는 뭐 해? 얼른 안 끼고?"

퀸과 로건의 시선이 잠시 허공에서 부딪쳤다. 그런 둘이 약속이라도 한 듯 친구들을 지나쳐 곧장 밖으로 나갔다.

"야, 너희들 어디 가!"

"아 씨, 숨 막히잖아! 좀 떨어지라니까!"

일라이와 에이단의 외침이 실내에 메아리쳤지만, 돌아오는 답은 오직 하나였다.

"에이단, 진짜 고마워."

그 모습을 지켜보던 데스가 아몬에게 들릴 듯 말 듯 작은 목소리로 물었다.

"어떻게 될 것 같아?"

"글쎄요. 정확한 건 시간의 기록장을 봐야겠지만, 이미 미래는 변한 것 같군요. 뜻밖의 행운이 찾아올 것 같은 예감입니다."

단순히 미래를 보는 것만이 아몬이 가진 능력의 전부가 아니었다. 그는 때때로 예고 없는 행운을 점치기도 한다. 아몬의 귓가로 행운을 불러오는 까마귀의 울음소리가 들려왔다.

2.

짐을 간단하게 꾸린 후 출발을 서둘렀다. 지진이 나기 전에 목적지에 도착해서 아버지를 만나 상황을 설명해야 했다. 시간이 부족했기에 커닝 집사에게 따로 말할 틈도 없었다.

얘기를 하다 보면 출발이 지체될 것이 분명하기에 바율은 상황 설명을 간단하게 서찰로 대신했다. 단 수행기사인 이언은 이번 여정에 동행키로 했다.

"그럼 출발한다!"

잉그리드의 몸집이 전에 봤을 때보다 훨씬 커졌다. 맨 앞에는 에이단이, 그 뒤를 차례대로 일라이와 바율, 퀸, 로건, 그리고 이언과 데스, 아몬이 올라타며 합류했다. 이전처럼 템페스타가 만일을 대비해서 돕기로 하였고, 나머지 정령들은 알아서 따라오는 방식이었다.

"근데 에이단, 너 방향은 알고 가는 거냐? 지도도 없이 괜찮겠어?"

"상인의 아들인 나를 뭘로 보는 거냐? 그리고 지도가 왜 없어? 하늘에 널린 게 별자리인데. 걱정 붙들어 매셔."

일단 시작한 이상 에이단은 막중한 책임감을 느꼈다. 이제부터는 장난칠 틈도 없었다. 사람의 목숨이 달린 일이었다. 그 누구도 죽어서는 안 되었다. 당연히 전부를 구하는 것이 목표였다.

"잉그리드, 부탁할게!"

에이단의 명령이 떨어졌다. 야심한 밤, 해밀턴 성내 뒤편 마당에서 잉그리드가 대차게 솟구쳤다. 그리고 로만드시를 향해 힘차게 날아갔다.

"템페스타, 바람 좀 막아 줘."

잉그리드의 속도가 갈수록 빨라졌다. 녀석이 날갯짓을 한 번씩 할 때마다 몸이 튕겨 나갈 듯 휘청거렸다. 템페스타의 도움이 아니었다면 다들 멀미로 꽤 고생을 했을 것이다.

물론 데스와 아몬은 예외였다. 그들은 날아가는 잉그리드의 위에 우뚝 선 채로 주변을 감상하기까지 했다. 그 꼴을 보고 저것들은 왜 여기까지 쫓아오는 거냐며 일라이가 투덜거렸지만, 도리어 데스 덕분에 바율은 한결 안심이었다.

그렇게 시간이 얼마나 흘렀을까.

컴컴했던 하늘에 동이 트고 있었다. 더 이상 별이 보이지 않으니 낮게 비행하며 직접 지면을 살피고 날아가는 수밖에 없었다. 로만드시는 항구 도시이니 바다만 발견하면 병력은 쉽게 찾을 수 있을 터였다.

"지금 몇 시지?"

"5시 25분."

시간이 얼마 남지 않았다. 서둘러야 했다.

"저쪽, 저 산 너머다."

데스의 말대로였다. 높게 솟은 바위산을 넘어 날아가자 드디어 바다가 보였다.

저기 어딘가에 아버지가 계신다. 지진이 일대를 덮치기 전에 속히 찾아서 병사들을 안전지대로 피신시켜야만 했다.

"잉그리드, 조금만 더 힘을 내!"

에이단의 응원에 잉그리드가 소리 내어 울며 속도를 높였다.

"템페스타, 아버지를 찾아 줘!"

"응, 나한테 맡겨!"

템페스타가 바람을 일으키며 순식간에 눈앞에서 사라졌다. 그리고 잠시 후, 녀석이 다시 돌아왔을 땐 의기양양한 태도로 일행을 안내했다.

"저기다! 군영 막사야!"

"지진의 피해가 클 수밖에 없었겠군."

시간도 이를뿐더러 이동 중이 아니라 주둔 중이었다. 기상과 동시에 아침 식사를 준비하기 위해 부산하게 움직이는 병사들이 보였다.

만약 모두가 잠든 한밤중이었다면 어땠을까? 생각만으로도 끔찍할 일이 벌어졌으리라.

"바율, 여기 밑이야!"

템페스타가 공중에 멈춰 선 채로 아래를 가리켰다. 그곳엔 만월 기사단의 깃발이 꽂힌 푸른색 막사가 자리하고 있었다. 아버지가 머무는 곳이 틀림없었다.

"템페스타, 부탁할게!"

바율은 망설이지 않고 그대로 뛰어내렸다. 이전이라면 무서워서 덜덜 떨었겠지만, 지금은 아니었다.

"도련님!"

지상까지는 까마득한 높이였다. 하지만 바율을 혼자 내려보낼 수는 없었다. 이언은 수행 기사의 본분을 다하기 위해 바율을 따라 함께 뛰어내렸다.

"헉, 바율!"

놀란 친구들이 뒤늦게 바율을 불러 보았지만, 쓸데없는 걱정이었다. 바율은 그간 연습한 보람을 느끼며 안전하게 지면에 안착했다. 이언 역시 처음이라고는 믿기지 않을 만큼 안정적인 자세로 뒤이어 내려섰다.

"아버지!"

지체할 시간이 없다. 바율은 무작정 막사 안으로 뛰어 들어갔다.

"…바율?"

"이언 선배……!"

안에는 란데르트 공작과 사다드가 지도를 펼치고 무언가를 상의 중이었다. 그들이 갑작스러운 둘의 등장에 깜짝 놀라며 얼이 나간 듯한 표정을 지었다.

"아버지! 지금 당장 피하셔야 해요! 지진이 일어날 거예요!"

"바율…… 그게 무슨 소리냐? 아니, 그보다 네가 여긴 어쩐 일로 온 것이야? 아비가 절대 안 된다고 했거늘, 명을 어긴 것이냐?"

"아버지, 설명할 시간이 없습니다! 지진으로 인해 전쟁을 시작하기도 전에 많은 병사들이 죽게 된다고요! 어서 대피 명령을 내리세요!"

"맞습니다, 공작 전하! 서두르셔야 합니다!"

"이언 선배, 그게 대체 무슨……?"

쿠르릉!

난데없이 나타난 바율의 이해할 수 없는 말에 란데르트 공작이 미간을 찌푸릴 때였다. 미세하지만 땅이 요동치기 시작했고, 공작을 포함한 모두가 그것을 느꼈다.

"…방금 지진이라고 했느냐?"

"네, 아버지. 대지진이 일어날 겁니다."

란데르트 공작이 황급히 막사 밖으로 나가더니 어느 한 곳을 바라보았다.

"큰일이다."

"아버지……?"

공작의 시선이 향하는 곳은 바다였다. 그의 예민한 감각에 뒤늦게나마 위험이 감지되었다.

아들이 예고한 지진. 그 지진의 진원지는 바다 밑이었다. 곧 해일이 도시를 덮칠 것이다. 란데르트 공작의 얼굴이 심각하게 굳었다.

"공작 전하, 무슨 일입니까?"

사다드는 오랫동안 란데르트 공작을 모셔 왔다. 갑자기 나타나 지진이 일어날 거란 바율과 이언의 말도 불길하지만, 그보다는 주군의 표정이 심상치 않은 것에서 큰 사달이 벌어질 것임을 직감했다.

아니나 다를까.

공작이 다급히 명령했다.

"지금 당장 군영을 벗어난다. 모든 병사들을 즉시 고지대로 대피시키도록 하라!"

"혹시 해일입니까?"

사다드는 눈치가 빠른 편이었다. 바다를 향한 공작의 눈빛에서 이미 많은 것을 읽었다.

"아버지, 해일이라니요? 설마 지진이 바다에서 시작되는 것입니까?"

"거기까지는 모르고 여길 온 것이냐?"

"네…… 아몬은 그저 대지진이 일어나서 많은 사상자가 생길 거라고만 말을 해서……."

"아몬이라면 그 마족을 말하는 거로구나."

"예, 공작 전하. 그에게 미래를 보는 능력이 있었습니다. 그래서 속히 알리기 위해 이곳으로 온 것입니다."

혼란스러워하는 바율 대신 이언이 대답했다. 마침 그때 일행을 태운 잉그리드가 거센 바람을 일으키며 지상에 착륙했다.

잉그리드를 보고 놀라는 공작과 사다드에게 이언이 얼른 덧붙였다.

"에이단 도련님이 키우는 새입니다. 크기를 자유자재로 변형시키는 게 가능하다고 하더군요. 이 녀석을 타고 밤새 날아왔습니다."

드래곤과 마족에 이어 거조를 부리는 녀석이라니. 어찌 된 게 아들 주변엔 하나같이 평범하지 않은 이들뿐이었다.

"자세한 얘기는 나중에 듣도록 하겠다. 이곳은 위험하니 이언은 서둘러 바율과 녀석의 친구들을 데리고 여기를 빠져나가도록 하라."

"아닙니다, 공작 전하. 저도 여기 남아서 돕겠습니다!"

병사들을 피신시키라 명했지만 공작은 물론이요, 만월 기사단도 이곳에 남을 것이 분명했다. 해일이 몰려오면 그 피해는 상상 이상일 것이다. 바닷물에 떠밀려 민가의 안전을 위협하는 물건들을 미리 치우는 등 해야 할 일이 많다. 만월 기사단으로서 당연히 함께해야 한다고 이언은 생각했다.

"이언, 너는 바율을 지키는 것이 우선이다. 바율을 이곳에 둘 수는 없어."

"아닙니다, 아버지! 저도 남아서 아버지를 도울 겁니다!"

"바율, 고집 피우지 말거라. 여기는 네가 있을 곳이 아니다!"

"아니요, 지금 이곳엔 누구보다 제가 필요합니다. 제가 정령사인 것을 그새 잊으신 겁니까?"

땅이 갈라지고 건물들이 무너질 때, 그것을 막을 생각만 하며 여기까지 왔다. 해일은 전혀 예상 밖의 일이었지만, 생각을 차분히 정리하니 오히려 잘된 일이었다. 중급 정령이 된 이노센트가 도움이 될 게 분명하다.

"바율, 네가 아무리 정령사라고 해도 허락할 수 없다. 어서 다시 이 새를 타고 돌아가거라!"

공작 역시 바율이 정령사이고, 그런 아들이 다루는 정령이 자연을 조율하는 존재임을 알았다. 하지만 그가 본 것은 고작해야 이노센트가 물벼락을 뿌리는 장면뿐이었다. 그렇기에 이런 상황에서 바율이 어떤 걸 할 수 있는지 전혀 아는 바도, 짐작이 가는 바도 없었다.

"6시. 아몬이 예언한 시간은 오전 6시입니다."

"현재 5시 40분이 넘었습니다."

사다드가 시계를 얼른 찾아보고 말했다.

"고지대로 가기에는 이미 늦었어요. 제가 해일을 막겠습니다!"

아들의 당당한 말투에 란데르트 공작은 심히 당황스러웠다.

해일을 막겠다니?

그게 가당키나 한 일이란 말인가?

"공작 전하, 도련님을 믿어 보십시오!"

이언까지 나서서 설득하자, 공작은 그제야 자신이 뭔가 놓치고 있음을 알아차렸다.

이언만이 아니었다. 바율의 친구들, 심지어 마족인 데스와 아몬까지 바율이 충분히 할 수 있을 거라는 얼굴들이었다.

"바율…… 네가 정녕 해일을 막아 낼 수 있단 말이냐?"

"오늘 아버지께 진정한 정령의 힘을 보여 드리겠습니다."

"저도 도울 것입니다."

퀸이 거들었다. 바다가 코앞에 있어서일까. 그의 푸른 머리칼과 눈동자가 평소보다 훨씬 짙게 반짝였다.

"공작님께서 주신 이 대양의 반지, 기억하시죠?"

퀸이 손가락을 들어 반지를 내보였다.

"제 목숨을 살려 주신 은혜, 지금 갚겠습니다. 저 또한 인어국의 힘을 보여 드리겠습니다."

어차피 처음부터 해일 따위는 대양의 눈을 끼고 있는 퀸에게 아무런 해를 끼치지 못한다. 그는 그럼에도 주변의 병사들과 이곳을 삶의 터전으로 삼고 살아가는 이들을 구하기 위해 기꺼이 나선 것이었다.

인간을 증오하던 자신이 인간을 위해 나선다는 게 우습기도 했지만, 훗날 인어국을 위해서라도 이러는 것이 옳다고 믿었다.

"바율……."

란데르트 공작은 고민하지 않을 수 없었다. 아들인 바율이 이토록 장담하고 있지만, 그는 직접 보고 경험하지 않은 것이라면 신뢰하지 않는다. 이건 공작에게 도박이나 마찬가지였다.

"공작 전하, 시간이 없습니다!"

사다드가 재촉했다. 대피 명령이든 뭐든 속히 결단을 내려야만 한다.

쿠르릉!

그때 다시금 땅이 울었다. 이번엔 진도가 제법 세다. 처음엔 그저 고개를 갸웃거리는 정도였던 병사들이 막사 밖으로 뛰어나오며 불안한 움직임을 보이기 시작했다.

"아버지."

바율은 간절하게 아버지를 바라보았다.

저를 믿으세요.

해낼 수 있습니다.

찰나였지만, 란데르트 공작에겐 억겁과도 같은 결정의 시간이었다. 그가 결국 고개를 끄덕이며 허락했다.

"알겠다. 해 보거라. 하나 병사들에겐 만일을 위해 대피 명령을 내릴 것이다."

"네, 당연히 그래야지요. 셰임!"

바율은 이미 생각한 바가 있었다. 바율이 셰임을 부르자 그가 순식간에 땅속에서 튀어나왔다. 까무잡잡한 피부에 온몸이 하얀 머리와 수염으로 뒤덮인 셰임을 보고 공작과 사다드가 눈을 흡떴다.

"고지대를 만들어 주세요. 셰임이 할 수 있는 한 최대한의 크기로요."

셰임은 말없이 고개만 주억였다.

"템페스타는 막사와 물건, 사람들 좀 한쪽으로 빨리 치워 주고!"

넓은 평지가 필요한 작업이었다. 막사와 사람들을 직접 이동시키기엔 시간이 부족하다. 그럴 땐 템페스타를 시키는 것이 제격이었다.

"역시 내가 없으면 안 된다니까!"

거들먹거리는 소리와 함께 별안간 거대한 돌풍이 불었다. 그 바람은 정확히 바율의 명대로 사람과 물건들을 한쪽으로 이동시켰다.

"으아악!

"사, 사람 살려!"

돌풍에 휘말린 병사들의 비명이 여기저기에서 들려왔지만, 그들 모두 털끝 하나 다치지 않은 상태로 멀쩡하게 바닥으로 내려섰다.

그리고 그렇게 마련된 너른 공터의 땅이 지진이라도 난 듯 흔들리기 시작하더니 지면이 솟아올랐다. 작은 산이라고 부를 만한 그곳에는 곳곳에 계단 모양의 지형까지 있어 누구라도 쉽게 올라설 수 있었다.

"이, 이게 무슨……!"

란데르트 공작은 보면서도 믿을 수가 없었다. 바율은 그저 명령만 내렸을 뿐이다. 누가 봐도 아무런 힘도 들이지 않았다고 여길 만큼 빠르고 간단했다.

"사다드 경, 병사들을 얼른 저곳으로 피신시키도록 하세요!"

어안이 벙벙하기는 사다드도 매한가지였다. 멍하니 전방을 주시하던 그가 이내 정신을 차리며 급히 자리를 떴다.

"공작 전하, 이것은 시작에 불과합니다."

해밀턴을 징그럽게 괴롭히던 장마를 멈추게 한 분이시다. 그때의 경이롭던 장면을 이언은 똑똑히 기억하고 있었다. 도련님이라면 필시 잘해 내실 거라고 그는 철석같이 믿었다.

"아버지, 로만드 시민들에게도 알려야 합니다."

"그건 만월 기사단이 할 것이다."

수하들의 목숨만 중요한 게 아니었다. 타국이긴 하나 생명은 모두가 소중한 법이다. 먼저 알게 된 이상 알려야 할 의무가 있었다. 그새 만월 기사단이 근처에 도열했다.

"바닷가 근처 마을 사람들을 속히 고지대로 대피시키거라!"

공작의 명이 떨어지자 만월 기사단이 즉시 움직였다.

"난 잉그리드와 함께 동물들을 구해야겠어."

에이단이 여기 남아 할 일은 없었다. 제시간에 도착한 것으로 책임은 다했으나, 뭐라도 해야만 했다. 에이단이 잉그리드를 타고 다시 날아올랐다.

"우린 뭘 해야 하나?"

강 건너 불구경하듯 서 있던 데스가 불쑥 한마디 꺼내자 일라이이가 냉랭하게 쏘아붙였다.

"괜히 마력 방출해서 노친네들 끌어들이지 말고 얌전히 처박혀 있기나 하시지!"

"그럴 만큼 크게 힘쓸 일은 없을 것 같은데?"

"하면, 마족 주제에 인간을 돕기라도 하겠다는 거야?"

"못할 것도 없지. 그리고 아몬 덕분에 여기에 와 있다는 걸 잊지 말았으면 좋겠군."

데스의 일렁이는 붉은색 눈빛에 일라이이가 대꾸하지 못하고 입을 앙다물었다. 맞는 말이었기 때문이다. 혐오스러운 존재들이지만, 이미 그들은 충분히 도움을 준 상태였다.

"라이, 곧 6시야. 너도 도울 거지?"

아직 헤츨링이라고는 하나 일라이이는 드래곤이었다. 녀석 역시 해 줄 수 있는 일이 많다.

"물론이야."

분명 자신이 저 마족 놈들보다 더 큰 보탬이 될 것이다.

로건은 일찍부터 군량미를 보관 중인 곳으로 달려가 그것을 옮기는 걸 돕고 있었다. 모두가 저마다 할 수 있는 일을 하고 있는 참이다.

"이노센트!"

바율의 부름에 바닷가에 있던 이노센트가 한달음에 날아왔다. 물의 정령답게 바다 너머에서 뭔가를 감지한 듯 녀석의 표정이 평소와는 조금 달랐다. 해일이 닥칠 것임을 본능으로 아는 듯했다.

"바닷물이 도시를 덮치는 걸 막아야 해. 할 수 있지, 이노센트?"

병사들은 이미 셰임이 만들어 낸 흙산으로 열심히 올라서는 중이었다.

저들 전체를 무사히 구해 내야 했다. 자신이 제대로 해내지 못하면 사상자가 생기고, 그 책임은 고스란히 아버지께서 지실 것이다. 부상 또한 면치 못하실 터다. 그런 일만은 절대 일어나선 안 되었다.

"한 번으로 끝나지 않을 거야."

먼바다를 응시하며 이노센트가 경고했다. 해일은 적어도 서너 차례 격차를 두고 몰려들 것이다. 그 속에 어떤 부산물이 딸려 올지도 아직은 알 수 없었다.

"퀸이 돕기로 했어."

대양의 눈을 소지하게 되면서 물을 제어하는 퀸의 능력은 비약적으로 상승했다. 비록 그 안에 담긴 힘 전부를 사용하기엔 다소 역량이 부족하지만, 이전과는 감히 비교조차 할 수 없는 기운을 품고 있었다. 물의 중급 정령인 이노센트는 당연히 그것을 감지하고 있었다.

"스피넬, 바닷물에 위험한 것들이 있을 수 있어. 그게 뭐든 막아야 해. 새어 나오는 바닷물이 있다면 수증기로 만들어 주고."

"알겠습니다."

스피넬의 불꽃이면 무엇이든 전부 태워 버릴 수 있을 것이다. 템페스타까지 제 할 일을 충분히 해내 준다면 아무도 다치지 않고 끝낼 수 있다.

"6시야."

드디어 때가 왔다.

바율이 긴장하며 바다를 주시했다.

쿠르릉! 쩌억!

바닥에 금이 간 것은 그때였다. 심한 진동과 함께 일행이 서 있는 지면이 갈라지기 시작했다.

"셰, 셰임!"

해일만이 문제가 아니었다. 중심을 잡기 힘들 정도로 지표면이 격렬하게 흔들렸다.

스스슥!

재빨리 나무뿌리가 튀어나와 바율과 일행의 다리를 휘감았다. 덕분에 넘어지지 않고 균형을 잡을 수 있었다. 벌어진 땅속 틈새로 흙과 바위, 나무 등이 재빠르게 채워졌다.

"온다."

퀸이 나직이 중얼거렸다. 그의 머리칼이 산개하며 푸른 빛을 내뿜었다. 이노센트 역시 전쟁을 눈앞에 둔 장수처럼 비장하게 방어 자세를 취했다.

쏴아아아아!

해일이 가까워질수록 바율의 눈이 점점 커졌다. 란데르트 공작과 이언 또한 다르지 않았다.

10미터? 아니, 20미터?

어마어마한 높이의 파고가 육지를 향해 다가오고 있었다.

3.

"이, 이보게들! 저, 저것 좀 보게!"

셰임이 만든 흙산 위에 있던 병사들의 눈에도 해일은 똑똑하게 보였다. 공작의 명령으로 신속하게 대피하기는 하였으나, 거대한 해일을 직접 목도하고 있으니 공포가 물밀듯이 몰려왔다.

갑자기 솟아난 이런 조잡한 흙더미가 과연 저것을 견뎌낼 수 있을까?

극심한 공포에 흙산이 생겨난 연유 따위에는 관심을 가질 틈도 없었다. 란데르트 공작이 아무리 대단하다고 한들 저런 파도는 막아 낼 수 없을 거라는 게 그들의 지배적인 생각이었다.

"달랑 저 인원으로 대체 무엇을 하시려는 거지?"

"만월 기사단은 죄다 어디로 간 거야?"

"설마 우리만 버리고 피신이라도 했단 말인가!"

불안함은 인간의 사고를 마비시킨다. 란데르트 공작이 버젓이 자리하고 있음에도 만월 기사단이 보이지 않자 병사들이 동요했다.

파도가 점점 가까워져 올수록 그들의 낯빛이 어두워졌다. 당연히 흙산은 무너질 거고 해일에 떠밀려 익사를 하거나, 어딘가에 부딪혀 뼈가 부러지는 등 죽음을 면치 못할 거라고 다들 그리 여겼다.

놀라운 일이 벌어진 것은 그때였다.

"뭐, 뭐지?"

"해, 해일이 멈췄어!"

당장이라도 일대를 집어삼킬 것 같던 거대한 파도가, 마치 시간이 정지라도 한 듯 그대로 멈춰 버린 것이다.

기이한 일이 아닐 수 없었다. 보면서도 믿기가 어려웠다.

어찌 바닷물이 저렇듯 높게 솟은 채 멎을 수 있단 말인가?

꼭 물로 만들어진 벽 같았다. 하지만 아직 놀라기에는 일렀다. 그 벽이 이번에는 뒤로 물러나기 시작했기 때문이다. 무언가에 떠밀리듯 파도가 왔던 방향으로 돌아가고 있었다.

"내, 내 눈이 미친 겐가?"

"파, 파도가 왜…… 어찌하여……?"

눈을 비비고 또 비벼 봤지만 같은 장면이었다. 어느새 웅성거림마저 잦아들었다. 다들 너무 놀란 탓인지 멍하게 상황을 지켜보기만 할 뿐, 좀처럼 입을 열지 못했다.

그리고 그건 란데르트 공작도 마찬가지였다. 바로 눈앞에서 멈춰 버린 파도를 본 순간, 공작 또한 본인의 눈을 의심했다.

그가 믿을 수 없다는 듯 아들인 바울을 바라보다가 이노센트와 퀸을 연이어 응시했다.

범인은 느끼지 못할 것이나 공작은 분명하게 감지했다. 둘에게서 막대한 기운이 뻗어 나와 이 같은 일을 만들어 낸 것이다.

이것이 정녕 정령의 힘이란 말인가?

란데르트 공작도 이렇게는 할 수 없었다. 제 한 몸 지키는 것은 어렵지 않으나, 해일을 막는 것은 그에겐 불가능한 일이었다.

직접 목격한 아들의 놀라운 신위에 공작은 그야말로 넋이 나갔다.

“다시 옵니다.”

이번에는 규모가 더 컸다. 이노센트와 퀸이 긴장하는 기색이 느껴졌다.

“스피넬.”

바율의 부름에 스피넬이 공중으로 날아올랐다. 제1파는 잘 막아 냈지만 2파, 3파가 계속 있을 것이다. 최대한 힘을 아껴야 했다.

또다시 파도가 육지를 점령하기 직전, 수벽이 세워졌다. 스피넬이 기다렸다는 듯 거대한 불덩이를 수벽 곳곳에 박아 넣었다. 그러자 삽시간에 일대가 안개라도 낀 듯 뿌옇게 변했다. 시야가 막혀 답답하다고 느껴질 즈음 템페스타가 바람을 일으켜 수증기를 치웠다.

말로 설명하기에는 간단해 보이나, 실상은 전혀 그렇지 않았다. 어마어마한 면적과 규모의 해일이었다. 그것을 정령들이 있는 힘껏 막아 내고 있는 것이다.

란데르트 공작이 부상을 당하고, 엄청난 수의 사상자가 생길 수도 있었던 대지진을 열여섯의 어린 바율이 방어해 내고 있었다.

공작은 여전히 놀라웠다.

자연을 조율하는 정령, 그것을 지시하는 정령사가 된 아들.

비를 멈추게도 할 수 있다는 말을 일전에 듣긴 했지만, 이 정도일 줄은 몰랐다. 아들의 능력은 그의 예상을 훨씬 뛰어넘었다.

바율을 향한 란데르트 공작의 눈가에 수심이 어렸다. 금번 일로 녀석이 정령사란 것이 알려지는 건 시간문제였다. 하나뿐인 아들을 어떤 식으로 지켜 내야 할지 그는 벌써부터 걱정이 앞섰다.

"마지막이야."

"이것만 막아 내면 돼!"

이노센트와 퀸이 동시에 말했다. 커다란 해일을 두 차례나 막아 냈다. 이번만 성공하면 목표대로 아무도 다치지 않을 수 있다. 그 사실에 바율의 심장이 두근거렸다.

해냈어!

내가, 우리가 해냈어!

멀쩡하신 아버지가 곁에 계신다. 바율은 양 주먹을 불끈 쥐며 속으로 기뻐했다.

쩌저적! 쩌억!

땅이 재차 갈라지기 시작한 것은 그때였다. 이전과는 양상이 달랐다. 금이 가다 못해 땅덩이 전체가 들썩거리기 시작했다.

"셰, 셰임?"

바율이 뭔가 이상하다고 느끼는 찰나, 벌어진 지면 아래로부터 바닷물이 솟구쳤다.

그것이 시작이었다. 순식간에 일대 전체에서 바닷물이 분수처럼 쏟아져 나왔다. 그 높이가 흙산에 닿을 정도로 높았다. 그 안에는 날카로운 파편은 물론, 나뭇조각과 바위 등 몸에 닿으면 위험천만한 것들로 가득했다.

"이언, 바율을 호위하라!"

란데르트 공작이 도약했다.

이노센트와 퀸은 마지막 해일을 막는 데 온 정신을 쏟고 있었다. 파고의 높이가 무려 40미터는 될 정도로 거대했다. 이쪽까지 감당하기에는 분명 무리가 있을 것이다.

솟구치는 바닷물을 없앨 수는 없어도 이쯤은 처리 가능했다. 란데르트 공작이 엄청난 속도로 빠르게 이물질들을 제거해 나갔다.

"이언 경, 아버지를 도와주세요!"

만월 기사단 중 남아 있는 이는 이언뿐이었다. 아버지 혼자서 이 넓은 공간을 감당하기는 어려울 것이다. 셰임이 힘을 쏟고 있지만, 그는 흙산을 만드느라 이미 많은 기운을 소진한 상태였다.

스피넬과 템페스타는 해일에 집중하고 있으니 아버지를

도울 사람은 이언밖에 없었다.

"데스, 부탁합니다!"

바율의 안위를 데스에게 부탁하며 이언도 뛰어들었다.

"이제 내 차례인가?"

대답한 건 데스가 아니라 일라이였다.

레드 일족인 그는 물과는 상극이었다. 할 일이 없어 그저 지켜보고만 있었는데 드디어 나설 때가 왔다.

일라이가 주저하지 않고 장내 진압에 나섰다. 그는 꺼릴 것이 없었다. 그간 사용하지 않았던 고급 마법을 있는 대로 난사했다. 어차피 저 멀리 있는 병사들은 이 난리 속에서 제대로 볼 겨를도 없을 터였다.

콰지지직!

하지만 그런 모두의 노력에도 불구하고 시간이 지날수록 지진의 강도는 더욱 심해져만 갔다. 셰임이 힘들게 쌓아 올린 흙산이 흔들리고 있었다.

"안 돼!"

저게 무너지면 끝장이었다. 그 위에 올라선 병사가 수천이었다. 지진도 지진이지만, 솟구치는 물로 인해 흙이 묽어지고 있었다. 이대로 가다간 산이 내려앉는 것은 금방이었다.

"라이, 셰임을 도와줘!"

"월 오브 어스!"

바율의 음성이 끝나기가 무섭게 일라이가 산 주위를 흙벽으로 감쌌다. 아직 헤츨링이라고는 하나 그의 진짜 정체는 드래곤이었다. 아주 견고하지는 않아도 당분간 버틸 정도는 될 것이다.

란데르트 공작과 이언은 흙벽 주변을 어떻게 해서든 막아 내고 있었다. 빠른 움직임 때문에 바율의 시야에는 거의 형체가 보이지도 않았다.

'셰임, 괜찮아요? 땅 밑 상황은 어떤지 알려 주세요!'

셰임은 거의 탈진 수준이었다. 바율이 몇 번을 더 물어봤지만, 돌아오는 답이 없다. 셰임의 기운이 급작스레 희미해졌다.

'셰임……!'

지진은 멈출 생각이 없어 보였고, 마지막 해일 역시 쉽게 물러나지 않았다. 이노센트와 스피넬도 남은 힘이 거의 없었다. 그나마 템페스타가 제일 멀쩡했는데, 그건 녀석이 이번 일에 그다지 힘을 발휘할 기회가 없었기 때문이었다.

방금 전까지만 하더라도 곧 끝낼 것이라 자신하던 바율은 이내 초조해졌다. 완벽하게 마무리할 줄 알았거늘, 너무 쉽게 생각했다는 자책이 들었다.

모든 걸 정령들에게만 맡겨 놓고 아무것도 하지 못하는 자신이 한심하게 느껴질 정도였다.

정령사면 뭐 해.

내가 할 수 있는 건 기껏해야 정령들에게 부탁하는 것뿐이잖아.

전대 정령왕들의 기운을 품고 있으면 뭐 하냐고.

난 여전히 할 줄 아는 게 없는 쓸모없는 존재야.

눈을 질끈 감은 채 바율은 자기도 모르게 이전으로 돌아가 스스로를 질책했다.

바보 같았다. 지금껏 단단히 착각하고 있었다. 이제는 좀 달라졌다고, 정령사가 되었으니 뭐라도 된 줄 알고 오만하게 굴었다.

'제발…… 제발…… 내게 정말로 전대 정령왕들의 기운이 담겨 있다면, 그 힘을 빌려주세요! 내가 뭐라도 할 수 있게 도와 달라고요!'

바율은 입술을 깨물며 속으로 간청했다.

꽈앙!

무언가 폭발하는 듯한 소리가 들린 것은 그때였다. 깜짝 놀란 바율이 눈을 뜬 순간, 돌연 갈라진 땅속 틈에서 바위 하나가 하늘로 솟아올랐다.

'뭐지?'

바율이 이상함에 고개를 갸웃거리는데, 다시금 땅 아래에서 뭔가가 튀어 올랐다.

"…셰임!"

처음엔 속도 때문에 알아보지 못했지만, 그게 공중에 멈춰 선 순간 그 정체가 셰임이라는 걸 알았다. 그리고 바율의 눈이 잘못되지 않았다면, 먼저 하늘로 솟구쳤던 바위는 바율이 그토록 찾고 싶었던 정령석이었다.

셰임과 정령석이 마치 마주 보듯 같은 선상에 놓였다. 정령석으로부터 서서히 빛이 새어 나오기 시작했고, 그 빛은 고스란히 셰임에게로 옮겨졌다. 점점 정령석의 크기가 줄어들었다.

"설마……?"

바율의 얼굴이 경악으로 물들 때, 셰임과 정령석이 하나가 되었다. 그리고 일순간 눈을 뜨고 있기 힘들 정도로 밝은 빛이 일대를 휘몰아쳤다.

잠시 후, 바율은 눈을 떴다.

"……!"

그런 그의 목전에 믿을 수 없는 광경이 펼쳐졌다.

흙산이 무너졌다.

아니, 무너진 것이 아니라 서서히 내려앉았다. 이제 그러한 것은 필요 없다는 듯 원래대로 돌아가고 있었다.

지면 역시 마찬가지였다. 갈라졌던 땅이 어느새 메워지고, 나무와 풀, 바위가 전부 있던 자리에 그대로 놓였다.

그 사이 해일도 사라졌다. 지금까지 있었던 일이 거짓말인 것처럼 순식간에 모든 것이 본래의 상태로 돌아왔다.

하지만 뭐니 뭐니 해도 가장 놀라운 건 셰임이었다.

지상을 향해 느릿하게 내려오는 그.

분명 땅의 정령 셰임이었지만, 이전과는 모습이 전혀 달랐다.

사십 대? 오십 대?

긴 백발에 수염을 늘어뜨린 난쟁이 할아버지였던 셰임이 중년의 사내가 된 것이다. 하얀 머리는 여전했지만, 전처럼 푸석하지도 않았고, 지저분하지도 않았다. 깔끔하게 정리된 짧은 머리칼과 중키에 블랙 슈트 차림이 마치 멋진 신사를 보는 듯했다.

뭐가 어떻게 된 상황인지는 모르겠지만, 셰임 역시 중급 정령으로 올라선 것이다.

"셰임……."

땅으로 내려선 셰임이 바율에게로 걸어왔다. 그에겐 달라진 점이 또 하나 있었는데, 전에는 없던 마름모 형태의 검은색 보석이 그의 이마 정중앙에 박혀 있었다.

바율의 앞에 당도한 셰임이 정중히 한쪽 무릎을 굽히며 인사했다.

"왕이시여, 땅의 중급 정령 셰임이 인사 올립니다."

그는 더 이상 말이 느리지도, 목소리가 탁하지도 않았다. 스피넬이 그러했듯 말투 역시 달라졌다.

세임은 기억의 조각을 얻은 것일까?

그를 바라보는 바율의 동공이 다시금 흔들렸다.

Chapter 10.
전설의 시작

1.

엄청난 규모의 사상자를 낼 뻔했던 대지진이 놀랍게도 단 한 명의 사망자 없이 끝이 났다.

유독 거셌던 마지막 지진으로 인해 소수의 로만드 시민들이 부상을 당하기는 했지만, 다행히 목숨이 위태로운 이들은 없었다. 모든 게 만월 기사단의 재빠른 대처 덕분이었다.

병사들은 무사했으나 군용품의 손실까지는 막을 도리가 없었다. 그나마 전쟁을 하는 데 차질이 있을 정도는 아니라는 것이 위안거리였다. 공작은 장비를 재정비할 겸 하루를 더 쉬어 가기로 결정했다.

그런 와중에 도시를 지켜 준 만월 기사단에 감사함을 표하고자 로만드시의 영주가 직접 군영을 방문했다. 그는 이미 란데르트 공작을 거처로 초대한 전적이 있었는데, 공작이 출정을 핑계로 거절하는 통에 낙심하던 차였다.

란데르트 공작은 귀찮게 되었지만, 로만드시의 영주가 잔치를 벌이고도 남을 만큼 많은 고기와 술을 가지고 방문했기에 정작 군영에는 신이 난 병사들의 웃음소리가 끊이지 않고 흘러나왔다.

평소라면 드와이어트 제국과의 결전을 앞두고 절대 일어날 수 없는 풍경이었지만, 오늘 하루만은 군기를 내려놓고 자유롭게 노는 것을 허락했다.

그 덕에 대낮부터 군영 곳곳에서 술판이 벌어졌다. 이미 거나하게 취해서 널브러진 병사들의 모습이 심심찮게 보였다.

"근데, 좀 이상하지 않은가?"

큼직한 닭 다리 두 개를 양손에 든 채 열심히 뜯고 있던 한 사내가 혀가 꼬부라진 말씨로 대피하던 때를 회상했다.

"우리가 올라갔던 그 흙산 말이네. 그건 대체 어떻게 생겨난 거지?"

"흙산?"

"원래 그 자리에는 막사가 쳐 있질 않았나?"

"오, 그러고 보니 자네 말이 맞는군! 당시엔 해일에 놀라서 생각할 겨를이 없었는데, 이상하긴 하네."

"이상한 게 어디 그거 하나뿐인가? 해일이 중간에 멈춘 건 어찌 설명할 텐가? 난 아직도 믿기지가 않네. 그 거대한 바닷물이 물러나던 모습…… 장관 중에도 장관이었지!"

소름이 돋은 듯 사내가 부르르 몸을 떨었다.

"그 해일이 여기를 덮쳤을 거라고만 상상하면 난 오금이 저리네. 우리가 지금 이렇게 고기에 술을 마시며 한가하게 있을 수나 있었겠냐는 말일세!"

"바닷물에 휩쓸려서 개죽음당했겠지. 마지막 파도의 높이는 마치 거대한 성을 보는 것 같았네. 대체 그걸 누가 어찌 막은 것인지!"

"난 신이 도왔다고밖에 생각할 수가 없네. 그건 정말이지 너무나 경이로운 장면이었어! 신이 우리의 출정을 지지하는 것이야!"

"맞네, 맞아! 신의 경지에 오르신 란데르트 공작 전하께서 우리를 살려 주신 것이네!"

술잔을 거칠게 내려놓으며 한 사내가 소리쳤다.

"자네, 그게 무슨 말인가? 해일을 란데르트 공작 전하께서 막아 내셨다는 겐가?"

"당연히 그분이 아니면 누구이겠나? 공작 전하는 이 제국의 살아 있는 전설이시지 않은가! 이쯤이야 그분께는 일도 아니신 게지!"

"…자네들도 그리 생각하는가? 난 공작 전하께서 위대하신 분이라는 건 알지만…… 흙산에…… 해일에…… 그러한 것까지 하실 수 있을 줄은 몰랐네. 공작 전하께선 기사이지, 마법사가 아니시질 않은가?"

란데르트 공작의 수많은 무용담 중에서 마법과 연관 지을 만한 사연은 없었다. 더욱이 아무리 마법사라고 한들 오늘 같은 일은 해낼 수 없을 것이다. 사내는 9서클의 대마법사가 오더라도 불가능할 거라고 생각했다.

"란데르트 공작 전하께선 인간의 범주를 진즉에 뛰어넘으신 분이네! 그분께 무엇이 불가능하겠는가? 자네의 말은 공작 전하를 능멸하는 것이나 마찬가지네!"

"능멸이라니! 내가 감히 어찌 공작 전하를 그리 여기겠는가? 자네 말이 심한 걸 보니 술을 너무 과하게 먹은 것 같군!"

"공작 전하의 능력을 의심하였으니 그것이 능멸이 아니면 뭐란 말인가? 듣자 하니 황궁에서 차출된 마법사들마저 그 상황에서 아무것도 못 했다고 하더군! 그럼 공작 전하밖에 더 있겠나? 여기 이곳에서 대체 누가 그런 대단한 일을 해낼 수 있겠냐는 말일세!"

과음을 한 탓도 있지만 사내는 본디 란데르트 공작의 추종자였다. 그가 얼굴이 벌게져서는 열변 아닌 열변을 토했다.

"아이고, 자네들 이러다 주먹 다툼이라도 하겠네! 지진과 해일을 피해 놓고 싸움질로 상처라도 입고 싶은 겐가? 구사일생으로 살아난 날이니 재미나게 술이나 먹자고! 아까 보니 공작 전하의 아드님께서도 오셨더군. 괜히 시끄럽게 해서 귀하신 분들의 심기를 어지럽히면 쓰겠나."

"란데르트 공작 전하의 아드님이라면, 그 쌍둥이 중 홀로 살아남았다는 분 말인가?"

"그렇다네. 그분과 그분의 친구님들이 엄청나게 큰 새를 타고 날아왔다네. 내가 이 눈으로 직접 목격했지."

"새?"

인간이 새를 타고 이동하는 것은 일반적이지 않다 못해 특이한 일이었다. 처음 듣는 얘기에 다들 귀를 모으자 사내가 신이 나서는 아까 본 것에 대한 말을 술술 풀어냈다.

"희한한 일이군."

지진 때 등장한 흙산이 이상하다며 처음으로 의문을 제기했던 사내가 이번에도 고개를 갸웃하며 의아함을 표했다.

"또 뭔가? 이젠 공작 전하의 아드님까지 능멸할 셈인가?"

"그게 아니라, 이 모든 게 전하의 아드님께서 도착하시고 나서 생긴 일이지 않은가? 귀한 자제분께서 갑자기 이곳에는 어찌 오셨단 말인가? 무슨 급한 용무가 있다고."

"그거야…… 공작 전하가 보고 싶어서 오셨겠지! 아직 어린 분이시네!"

"흐음, 뭔가 있어. 수상한 냄새가 나……."

"수, 수상이라니! 이놈! 네놈이 정녕 죽고 싶은 게로구나! 감히 공작 전하의 아드님께 그 무슨 망발이더냐! 내 더 이상은 참지 않겠다!"

이후로는 난장판이었다. 흥겨웠던 술자리가 한순간에 싸움터로 바뀌었다.

일반 병사라 할지라도 중요한 전쟁에 차출된 정예병이었다. 술을 먹은 상태였지만 그들의 주먹과 발길질은 제법 날카로웠다. 무기가 쥐어지지 않았다는 게 그나마 다행이었다. 둘은 엎치락뒤치락하다가 막사 밖으로까지 굴러갔다.

쑤아아앙!

갑자기 강풍이 불어 닥친 것은 그때였다. 바람에 휩쓸려 많은 병사들이 바닥으로 넘어졌고, 급기야 심하게 휘청거리던 막사가 날아가는 사태까지 벌어졌다.

"어어어엇!"

"막사를 잡아!"

막사를 잃으면 벌점을 받는 것은 물론이거니와 봉급이 삭감될 수도 있었다. 술을 진탕 마신 와중에도 병사들이 너도나도 막사의 끈을 붙잡기 위해 부리나케 일어나 달렸다.

"템페스타!"

그 옆을 다급하게 스쳐 가는 이들이 있었으니, 바율과 친구들이었다. 그들이 템페스타의 이름을 부르짖으며 우르르 뛰어갔다.

"아오, 저 성격 파탄자 같으니라고! 하는 짓이 아주 전대 바람의 정령왕을 똑 닮았다니까!"

지난번 로티어스 교수님께 받았던 책, 위대한 길을 향한 안내서에 기록되었던 내용이 떠오르며 일라이가 투덜거렸다.

"라이, 템페스타가 듣겠어. 쉿!"

숨을 헐떡거리며 바율이 주의를 주는 순간, 또다시 강풍이 휘몰아쳤다.

"으아아아!"

한창 술을 마시며 신명나게 놀고 있던 병사들이 비명을 지르며 쓰러졌다.

"저거, 저거. 나중에 중급 정령 되면 지금보다 더 날뛰는 거 아니야? 승급이 좀 늦을 수도 있는 거지, 왜 저 난리인데!"

그랬다. 셰임까지 중급 정령이 되었다는 것을 안 템페스타가 현재 폭주 중이었다. 이노센트 때만 하더라도 서러워하며 울기만 했었는데, 본인만 하급 정령으로 남게 되자 이성을 상실한 것 같았다.

바율이 어떻게든 달래 보려고 애를 썼지만, 아예 말을 들을 생각이 없어 보였다.

오래전 바람의 정령왕이 분노하여 열흘간 엄청난 태풍을 불러일으켰고, 그것에 강타당한 대륙이 초토화된 적이 있다. 그걸 복구하는 데 무려 일 년이란 시간이 들어 재앙의 열두 달이라 불리었다.

한데 지금 템페스타가 하는 짓을 보고 있으니 딱 그것의 축소판이었다.

'템페스타, 제발 그만해! 이러다 누구 하나 다치겠어!'

바율이 녀석에게 애원했지만 역시나 응답은 없었다. 녀석은 울분이 도무지 사그라질 기미가 보이지 않았다.

"그냥 내가 잡아 올까?"

일라이의 말에 바율과 친구들의 움직임이 멈췄다. 그들이 황당하다는 듯 녀석을 바라봤다.

"뭐냐? 그게 가능했던 거야?"

"당연하지. 드래곤인 내가 그 정도도 못하겠냐?"

"…사람이 이렇게나 많은데 할 수 있다고?"

"마법이 왜 마법인데? 모습이야 안 보이게 감추면 그만이지."

일라이가 잘난 척 대꾸하자 에이단이 버럭 큰소리를 냈다.

"아 씨, 그럼 진작 그랬어야지! 괜히 뼈 빠지게 뛰었잖아! 밥도 못 먹고 이게 뭐 하는 짓이냐!"

"왜 나한테 성질을 내? 난 템페스타가 곧 진정할 줄 알았지! 내가 억지로 잡아 오면 녀석이 좋아하겠냐?"

"물론 싫어하겠지. 그래도 지금 이 사태보다는 그편이 낫지 않겠어? 마법학부 수석이란 녀석이 그 정도 판단도 못 해?"

"이게 듣자 듣자 하니까 말이 너무 심하잖아! 저 녀석이 날뛰는 게 나 때문이냐? 내가 그랬어? 왜 나한테 화풀인데? 너만 배고파? 나도 어젯밤부터 굶어서 배 엄청 고프거든!"

"하아, 너희들까지 왜 그래. 지금 이럴 때가 아니잖아. 라이, 할 수 있으면 얼른 가서 템페스타 좀……."

"여기 있다."

바율이 더 큰 사달이 나기 전에 템페스타를 데려와 달라고 일라이에게 부탁하려던 참이었다. 그의 뒤에서 익숙한 목소리가 들려왔다.

"데스?"

바율이 돌아보자 데스가 무언가를 내밀었다.

"테, 템페스타!"

아닌 게 아니라 녀석이 데스에게 목덜미가 잡힌 채로 나타났다. 두 팔과 다리로 허공을 열심히 허우적거렸지만, 데스의 손아귀는 꿈쩍도 안 했다.

"이 나쁜 마족 자식아! 당장 이 손 안 놔? 바다 밑으로 확 날려 버린다!"

"너야말로 소멸되고 싶지 않으면 그만 닥치고 얌전히 구는 게 좋을 거다."

데스의 말투는 평이했지만, 표정만은 그렇지가 못했다. 그가 어느 때보다 눈동자를 붉게 태우며 템페스타에게 경고했다.

"너 따위가 감히 나의 소중한 식사 시간을 방해해?"

인간 세상에서 데스의 신분은 바율에게 고용된 하인이었다. 주인보다 먼저 밥을 먹는다면 다들 이상하게 생각할 것이다. 이곳은 특히나 보는 눈이 많기에 더욱 주의해야 했다.

그런 때에 템페스타가 사고를 치고 있으니 그가 어찌 분노하지 않겠는가. 바율만 아니었으면 녀석은 진즉에 죽은 목숨이었다. 데스는 안간힘으로 살심을 억누르는 중이었다.

"일단 막사로 돌아가는 게 좋겠어요!"

사람들의 눈에는 웬 버릇없는 꼬마가 잡혀 있는 것으로 보일 것이다. 하지만 이대로 계속 시선을 끌 수는 없었다. 템페스타를 진정시키려면 시야가 차단된 장소가 필요했다.

"이거 놓으라니까!"

녀석이 계속 몸부림을 치며 악다구니를 썼지만 데스에게서 벗어날 수는 없었다. 일행은 재빠르게 막사로 들어갔고, 아무도 들어오지 못하도록 손까지 썼다.

"템페스타."

바율은 녀석의 앞으로 다가가 애원하듯 말했다.

"네 심정은 충분히 알겠어. 하지만 이러는 건 옳지 않아. 겨우 지진을 막아 내고 한숨 돌리고 있는데, 네가 사고를 치면 어떡해? 진정하고……."

"나만! 나만 하급 정령이잖아! 셰임까지 중급 정령이 되었는데, 어째서 나만 아직도 하급이냐고! 바율은 날 미워하는 거지?"

템페스타의 눈에 눈물이 그렁그렁 맺혔다. 그걸 보고 있자니 바율도 마음이 아파 왔다. 하지만 녀석이 미워서 그런 거라니, 그건 정말이지 말도 안 되는 얘기였다.

"템페스타, 내가 너를 왜 미워해. 내가 널 얼마나 좋아하는데? 내 감정 느낄 수 있잖아."

"거짓말! 다 거짓말이야! 나만 이대로 하급으로 계속 둘 거지? 다른 녀석들은 정령왕으로 만들고! 나만 빼고 또 전부 상급 정령으로 올라갈 거잖아! 내가 모를 줄 알아?"

아무리 어리고 철이 없다지만 지나친 상상력이었다. 혼자만 하급 정령인 게 그렇게까지 참을 수 없는 일이란 말인가?

바율이 정할 수 있는 순서가 아니라는 걸 분명 알 텐데, 대체 왜 이런 생각을 하는지 어이가 없을 지경이었다.

"아니, 상급 정령은 템페스타 네가 제일 먼저 될걸?"

그때 나선 건 에이단이었다. 당황한 바율이 뭐라 답을 하지 못하고 머뭇거리자, 예전처럼 녀석이 다정하게 말을 걸었다.

한데 템페스타가 제일 먼저 상급 정령이 될 거라니?

바율과 친구들은 이게 무슨 소리인가 싶었다. 그리고 그건 당사자인 녀석도 마찬가지였다. 템페스타가 잔뜩 인상을 찌푸린 채 에이단을 쳐다봤다.

"지금 보니까 순서가 그래. 제일 마지막에 만난 스피넬이 가장 먼저 중급 정령이 되었잖아. 그건 너도 알고 있지, 템페스타?"

"그래, 내가 직접 봤어."

"그것 봐! 이번엔 네 차례야. 중급 정령이 되는 건 네가 마지막이니까, 상급 정령은 스피넬처럼 네가 첫 번째가 될 거야."

"…내가 첫 번째?"

에이단, 그걸 말이라고 하는 거야?

친구들 전부가 그렇게 속으로 외칠 때, 템페스타가 되물었다. 녀석의 말투는 그새 상당히 많이 누그러져 있었다.

'설마 저 자식, 에이단의 말에 설득당하는 거냐?'

일라이는 기가 막힌지 헛웃음을 지으며 친구들을 돌아보았다. 어이없기는 다들 똑같았지만, 녀석이 진정만 한다면 에이단을 헹가래라도 쳐 주고 싶었다. 잠 한숨 못 잔 데다 배가 고프기까지 한 상황이었다. 어서 식사를 하고 쉬고 싶은 마음이 간절했다.

"중급 정령보다 상급 정령이 먼저 되는 게 더 좋지 않아? 그렇게 되면 이노센트와 스피넬, 세임이 널 엄청나게 부러워할 텐데?"

"진짜? 이노센트가 날 부러워한다고? 그 물귀신이?"

템페스타의 눈빛이 달라졌다. 녀석이 펼치는 상상의 나래가 이번에는 다른 쪽으로 기울어져 가는 듯했다.

녀석에게 스피넬과 세임은 별 상관없었다. 다만 상급 정령이 된 자신을 울면서 바라보는 이노센트의 모습이 선명했다. 중급 정령이 되었다고 틈만 나면 으스대던 녀석의 코를 납작하게 해 줄 수 있는 날이 올 것이다. 그 생각을 하자 억울함이 단번에 싹 사라졌다.

"템페스타가 상급 정령이 되면 지금보다 훨씬 멋져지겠지? 그때가 얼른 왔으면 좋겠다!"

여동생과 놀며 익힌 것인지, 아이를 대하는 기술이 가히 엄청났다. 말도 안 되는 궤변에 넘어가는 템페스타보다, 이 짧은 시간에 그런 궤변을 만들어 낸 에이단이 정녕 대단해 보였다.

"이제 좀 잠잠해지겠군."

데스가 그만 되었다고 여겼는지 템페스타를 놓아주었다. 그러곤 아몬의 옆자리에 앉아 고대하던 식사를 시작했다. 방금 전까지만 해도 살기를 풀풀 뿜어내던 그의 얼굴에 희미한 미소가 감돌았다.

그 순간 바율은 문득 어떤 사실 하나를 깨우쳤다.

중급 정령이 되지 못했다고 난리를 피우다가 에이단의 궤변에 넘어가 기뻐하는 템페스타나, 음식 하나로 한순간에 기분이 바뀌는 데스나 둘 다 단순하기가 이를 데 없었다.

평소 복잡한 것보다 단순한 것을 선호하는 편이었는데, 지금만큼은 그것이 맞는 건지 자못 헷갈렸다.

2.

“꺼억! 이제야 좀 살 것 같다!”

시장이 반찬이라고 했던가. 다들 식사하는 동안 한마디 말도 없이 먹는 데만 집중했다. 데스와 아몬은 물론이고, 바율과 친구들 모두 평소보다 많은 양의 음식을 해치웠다.

어제저녁부터 지금까지 대지진을 막는 것에만 온 신경을 쏟으며 달려왔다. 중간에 고비가 몇 번 있었지만 잘 이겨 냈고, 드디어 평화로운 순간이 찾아온 것이다.

배도 부르겠다, 서서히 긴장이 풀리며 몸이 노곤해졌다. 저마다 누울 자리를 찾아 막사에 널브러졌다. 멀쩡하게 앉아 있는 것은 데스와 아몬이 유일했다.

“마족이라서 그런지 역시 체력이 남다르시네요.”

에이단이 잠든 잉그리드의 깃털을 손가락으로 쓰다듬으며 부럽다는 듯 말했다. 그러자 일라이가 뾰족하게 대응했다.

“체력이라면 나도 아직 거뜬하거든? 그리고 저 둘이 한 게 뭐 있냐? 아무것도 안 하고 가만히 지켜보기만 했으니 말짱한 게 당연하지.”

“라이, 네가 마족을 싫어하는 건 이해하는데 말은 똑바로 해야지. 아몬이 아니었으면 우린 지금 여기에 있지도 못했어.”

"그건 에이단 말이 맞아. 덕분에 많은 생명을 구했습니다. 란데르트 공작 전하께서도 무사하시니 참으로 다행입니다. 감사합니다, 아몬."

로건이 정식으로 예를 갖춰 아몬에게 고마움을 전했다.

"그래, 예언은 좀 도움이 되긴 했지. 근데 그거 말고 뭐 했는데? 템페스타 잡아 온 거? 그건 내가 하려는데 저 마족 놈이 끼어든 거, 다들 보지 않았나?"

어떻게 해서든 데스와 아몬을 공을 깎아내리기 위해 일라이가 갖은 애를 썼지만, 친구들에겐 그다지 먹히지 않는 분위기였다. 어차피 녀석에게서 마족에 대한 좋은 말이 나올 일은 없다는 걸 이미 다들 알고 있었다. 한 귀로 듣고 한 귀로 흘리는 것만이 그들이 이런 순간을 넘어가는 방법이라면 방법이었다.

"본디 움직임이 굼뜨면 핑계가 많은 법이지."

"뭐, 뭐야?"

"나도 봐주는 데 한계가 있어. 적당히 하라고."

데스 성격에 화가 나면 드래곤이고 뭐고 없었다. 전쟁이 터지면 나가서 싸워 이기면 그만이었다. 그는 언제나 자신이 있었고, 지금까지 단 한 번도 져 본 역사가 없었다.

"안 봐주면 뭘 어쩔 건데? 날 죽이기라도 하겠다는 거야?"

화가 난 일라이가 버럭 하자 누워 있던 바율은 다시 일어나는 수밖에 없었다. 저 둘이 정말로 싸움이라도 하게 된다면 그 후폭풍은 가히 엄청날 것이다. 그냥 가만히 둘 수는 없었다.

"라이, 지금 다들 피곤한데 진정 좀 해. 우선은 잠을 좀 자는 게 어때? 그리고 데스도 그만해 주세요. 아버지께서 계신 곳입니다. 더 이상 소란은 금물이에요."

템페스타의 화를 겨우 잠재웠다. 녀석은 근처에 정령석이 또 있을지 모른다면서 홀로 정찰(?)을 나간 상태였다.

이노센트와 스피넬은 많은 힘을 소모했기에 각자 편안한 장소를 찾아 쉬는 중이었고, 중급 정령으로 각성한 셰임만이 바율의 곁을 지키고 있었다.

그에게 묻고 싶은 말이 참 많은데, 정신적으로나 체력적으로나 상당히 피곤했기에 일단은 나중으로 미뤘다. 사실 어떤 말을 듣게 될지 기대가 되기도 하지만, 두려운 마음이 아예 없는 것도 아니었다.

어머니에 대한 비밀을 알게 될지도 모른다고 생각하자 다시금 긴장이 찾아왔다.

"이곳에서 뜻밖의 행운이 찾아올 거란 예상은 했지만, 그 주인공이 셰임일 줄은 몰랐네요. 셰임, 축하합니다."

아몬의 갑작스러운 말에 널브러졌던 에이단이 눈을 동그

랗게 뜨며 몸을 일으켰다.

“뜻밖의 행운이라니요? 아몬, 그런 것도 알 수 있어요?”

“가끔 행운을 점치기도 합니다.”

“와아! 그렇군요. 진짜 대단한 능력이에요!”

에이단의 찬사에 일라이의 입술이 거듭 삐뚤어졌지만, 다행히 데스의 경고가 먹힌 건지 아무 말도 하지 않았다.

“제 생각이지만 해일에 휩쓸려 정령석이 흘러들어온 듯하더군요. 그것이 어떤 식으로 작용한 것인지는 모르겠지만요.”

“안 그래도 정령석이 이곳에 있다는 게 이상했어요. 정령석이 박힌 곳엔 자연재해가 거의 일어나지 않는다고 믿고 있었거든요. 해일에 쓸려 왔을 거라고는 생각지도 못했네요.”

“그러게. 진짜 행운이군.”

퀸이 변한 셰임의 모습이 마음에 드는지 그를 보며 싱긋 웃었다. 정령의 성장은 정령계의 부활이 머지않았음을 뜻했다. 그날만을 학수고대하는 퀸에게 셰임의 성장은 대단히 기쁜 일이었다.

“셰임, 기억의 조각에 대해서 찾은 건 없습니까?”

바율이 차마 묻지 못하고 있는 걸 퀸이 대신해서 물었다.

“왕이시여, 답을 듣기 원하시옵니까?”

"셰임…… 그 왕이라는 말 좀 안 하면 안 될까요?"

친구들 앞에서 들으니 몇 배는 더 어색했다.

"바율 네 몸에 전대 정령왕들의 힘이 깃들어 있다며. 그래서 왕이라고 부르는 거 아니야?"

"꼭 그것 때문만은 아닙니다."

"…아니라고요?"

바율도 그런 줄만 알았기에 셰임의 대답은 뜻밖이었다.

"전대 정령왕들께서 왕께 내리신 임무는 저희를 정령왕으로 키워 정령계를 복원시키는 것입니다. 그건 곧 왕께서 저희들의 왕이라는 뜻이지요."

"오, 그러니까 바율이 정령왕들의 왕이라 그거지? 대박 멋진데?"

"한마디로 킹메이커네."

"…그래도 그런 호칭은 불편해요. 그냥 전처럼 이름을 불러 줬으면 좋겠어요."

"왕께서 명하시면 그리하겠습니다."

셰임이 정중히 허리를 숙이며 명을 받았다. 그 모습이 어찌나 절도 있고 예의 바른지, 이전의 부끄럼쟁이 셰임이라고는 도저히 믿기 어려울 정도였다.

그 심하던 수줍음은 다 어디로 사라졌단 말인가?

확실히 편해진 것은 사실이나, 갑작스러운 변화는 적잖

이 혼란스러웠다.

하지만 자세히 보았다면 셰임의 귀가 붉어져 있는 게 보였을 것이다. 그는 기억의 조각에서 얻은 정보를 전하기 위해 초인적인 인내심을 발휘하는 중이었다.

"말이 나온 김에 묻고 싶은 게 있습니다. 스피넬에게 물어봤지만, 답을 듣지 못했어요."

"혹시 어째서 전대 정령왕들의 힘이 바율 님께 계승된 것인지 궁금하신 겁니까?"

중급 정령으로 올라서더니 눈치가 빨라지기까지 했다. 바율이 고개를 끄덕이며 그렇다고 말하자 셰임이 잠시 뜸을 들이더니 이내 입을 열었다.

"이건 어디까지나 저의 짐작이지만, 바율 님의 어머님에게서 이어진 것 같다고 여겨집니다."

"…어, 어머니에게서 이어졌다고요? 셰임, 제 어머니가 누군지 알고 있는 건가요?"

"그분의 정체가 정확히 무엇인지는 저도 알지 못합니다. 다만 제가 알기로는 전대 정령왕들께서 소멸하시기 직전, 정령계의 재건을 위해 수하 몇몇을 인간계로 피신시키셨다는 것입니다."

"수하들을 피신시켜요?"

"예, 전대 정령왕들께서는 죽음을 피할 수 없었습니다.

해서 자신들의 힘을 각기 나누어 수하들에게 심었지요."

"그럼…… 바율의 어머니가 그 수하 중 하나라는 겁니까?"

"아직 기억의 조각을 다 찾지 못했기에 추측일 뿐입니다."

어머니는 형과 자신을 낳다가 돌아가셨다고 했다.

어쩌면 그때, 전대 정령왕들의 힘을 갖고 인간계로 피신했던 어머니의 힘이 나에게로 이어졌을지 모른다. 그것만이 현재로선 가장 그럴싸한 추론이었다.

"근데, 정령왕들의 수하라고 하면 정령인 거지? 어떤 정령이셨을까?"

"그보다 인간계로 보낸 수하가 하나가 아니라고 하지 않았어? 그럼 바율 같은 정령사가 대륙 어딘가에 또 있을 수 있다는 거 아닌가?"

"나와 같은…… 정령사?"

그건 전혀 생각지도 못했다. 바율이 놀란 눈으로 세임에게 설명을 더 요구했지만, 세임도 그 이상은 아는 바가 없었다.

"그 펜던트."

그때 퀸이 바율의 목에 걸린 펜던트를 가리키며 말을 꺼냈다.

"그리고 대양의 반지. 두 개 모두 물과 관련이 있어. 만약 셰임의 말이 사실이라면, 바율 네 어머니는 물의 상급 정령이 아니었을까?"

"상급 정령?"

"대양의 눈은 내 선대 왕이 전대 물의 정령왕인 다프네 그란데에게 준 거야. 그걸 정령계 재건의 임무를 부여받은 수하에게 대물림한 거지. 네가 물의 정령을 제일 먼저 알아본 것만 봐도 그럴 확률이 커."

내 어머니가 물의 상급 정령이었다고?

막연히 정령이 아니셨을까 생각하고 있긴 했지만, 점차 구체적인 추리를 하게 되자 기분이 묘했다.

하나 정령계가 멸망한 건 수천 년 전인데, 아버지가 어머니를 만난 건 불과 십칠 년 전이었다.

대체 그동안 어머니께선 무엇을 하셨단 말인가? 이건 뭔가 앞뒤가 들어맞지 않았다.

"바율 도련님, 공작 전하께서 찾으십니다."

어머니에 대한 생각으로 바율이 심각한 고민에 빠지려는 그때, 이언이 찾아왔다. 셰임과 더 말을 나누고 싶었지만 잠시 뒤로 미뤄야 할 듯했다. 바율은 멍하니 이언을 따라나섰다.

"아버지, 부르셨어요."

란데르트 공작은 로만드시 영주를 겨우 떼어 내고 홀로

막사에 자리하고 있었다. 그의 표정은 아들을 반기는 기색이었지만, 눈빛만큼은 더없이 심각했다.

"이리 와 앉거라. 식사는 하였느냐?"

"네, 친구들과 배부르게 먹었습니다. 아버지께선 드셨어요?"

"보다시피."

테이블엔 여전히 많은 음식들이 수북했다. 양이 줄기는 했지만, 식사를 거의 하지 않으셨음을 알 수 있었다.

"아버지…… 무슨 안 좋은 소식이라도……?"

바율의 물음에 란데르트 공작은 한동안 말없이 아들을 바라보기만 하였다.

그의 눈에는 아직도 어리기만 한 아들이었다. 하나밖에 없는, 그의 목숨과도 같은 자식이다.

한데 느닷없이 그런 아들이 세상에 이름을 떨치게 생겼다. 되도록 늦게 드러나기를 바랐건만, 아비인 자신을 돕겠다고 나섰다가 이리되었다.

이미 엎질러진 물, 피할 길은 없다. 도당의 능구렁이들은 물론이거니와 대륙의 전 국가를 상대해야만 했다.

자연재해가 끊임없이 일어나고 있는 이때, 바율의 능력은 축복이자 재앙이었다. 세상이 이 어린 녀석을 절대 가만두지 않을 것이 분명했기 때문이다.

이런 상황에 하필이면 전쟁을 앞두고 있었다. 아들을 지켜 내기 위해선 최대한 빠르게 전쟁을 끝내고 돌아가는 방법밖에는 없었다.

"바율, 이 아비 말 잘 듣거라."

"네, 말씀하세요."

"아직은 정령사인 너의 정체가 드러나지는 않았다. 정령의 존재 자체를 모르기에 그렇겠지. 하나 곧 많은 의문점들이 떠오르면서 사건을 파헤칠 것이다. 갑자기 흙산이 생겨난 이유, 해일이 멈춘 까닭, 지진으로 갈라졌던 땅이 원래대로 돌아온 연유 등에 대해 전부 설명해야 한단 말이다."

"각오하고 있습니다."

아무리 아버지가 대단하시다고 한들, 아버지로서는 해결하실 수 없는 일이었다. 정령사라는 걸 최대한 숨기고 싶었지만, 이번은 어쩔 수가 없었다. 아버지를 지키는 일이었기 때문이다.

"후회하지 않습니다."

무엇을 우려하고 계신 건지 바율은 충분히 짐작이 갔다. 그러니 괜한 약한 모습을 보여 아버지를 걱정시키고 싶지 않았다.

"네가 오지 않았다면 내가 부상을 입었을 거라지?"

"…들으셨습니까?"

"이언이 그러더구나. 아몬이 그리 예언을 했다고."

"하지만 전쟁에선 승리할 거라고 했습니다."

"그것도 들었다. 그리고 그건 당연한 결과이지."

란데르트 공작의 사전에 패배란 없었다. 드와이어트 제국의 최후는 머지않았다.

"이 아비는 내일 국경을 넘을 것이다. 넌 아카데미로 돌아가거라."

"저도 돕게 해 주시면 안 되나요?"

"정령의 능력이 얼마나 뛰어난지 이번에 직접 체험하였다. 하나 넌 지금 학생이다. 학생의 본분은 공부를 하는 것이지, 전쟁에 나서는 것이 아니야."

"하지만 분명 제가 큰 도움이 될 것입니다."

"날 믿지 못하는 것이냐?"

"아니요! 당치 않습니다. 아버지를 믿습니다!"

"그럼 아비에게 맡겨라. 돌아가면 아마도 황궁으로 불려가게 될 것이다. 그때 모든 걸 해결하자꾸나."

그날이 오기까지 최대한 방도를 마련할 것이다. 감히 누구도 함부로 바율을 대할 수 없도록 말이다.

막강한 권력을 가졌지만, 막상 제대로 사용한 적은 별로 없는 공작이었다. 하지만 아들을 위해서라면 그 어떤 것도 할 각오가 되어 있었다.

대륙인들은 십년전쟁의 종지부를 찍었다는 이유만으로 그를 가리켜 살아 있는 전설이라 불렀다.

하지만 진짜 전설은 이제 시작이었다.

먼 훗날엔 필시 바율이 자신보다 더욱 널리 알려질 것이다.

그로 인해 아들에게 어떤 시련이 닥칠지는 모르겠으나, 공작은 바율이라면 분명 그 모든 고난을 이겨 내고 위대한 정령사가 될 거라고 믿었다.

"잘 지내고 있거라."

란데르트 공작이 다정한 손길로 아들의 머리를 쓰다듬었다.

다음날 오전.

예정대로 공작은 드와이어트 제국으로 향했고, 바율은 친구들과 함께 잉그리드를 타고 본국으로 날아갔다. 정령사로서의 제2막이 바율 앞에 펼쳐지고 있었다.

〈다음 권에 계속〉

4컷 만화

·정령의 펜던트·

보너스 4컷 만화

✢ 빅피 ✢

잉그리드

기도를 들었노라

바르의 요리실력이 나아질 수 있도록 도와주세요.
이렇게 빌고, 또 빕니다….
싸아아아

내 사람

오
안녕! 뭐 마시고 있냐?
홀짝
…….
…….
들었으면 대답을 좀 해!!
내가 꼭 그래야 해?
아
둘 다 안녕! 뭐 마셔?
이 자식이??
허브티야.

DREAMBOOKS

DREAMBOOKS

DREAMBOOKS